〔瑞典〕海顿斯坦姆 ◎ 著
董铮铮 ◎ 译

查理国王的人马

图书在版编目(CIP)数据

查理国王的人马/(瑞典)海顿斯坦姆著;董铮铮译. —福州:海峡文艺出版社,2017.8(2023.9重印)
(诺贝尔文学奖大系)
ISBN 978-7-5550-1172-9

Ⅰ.①查… Ⅱ.①海…②董… Ⅲ.①长篇小说－瑞典－现代 Ⅳ.①I532.45

中国版本图书馆 CIP 数据核字(2017)第 144497 号

诺贝尔文学奖大系

查理国王的人马

[瑞典]海顿斯坦姆 著 董铮铮 译
责任编辑 余明建
出版发行 海峡文艺出版社
经　　销 福建新华发行(集团)有限责任公司
社　　址 福州市东水路 76 号 14 层
发 行 部 0591－87536797
印　　刷 福州俊丰彩印有限公司
地　　址 福州市晋安区鼓山镇鼓一村福光路 189 号
开　　本 889 毫米×1194 毫米　1/32
字　　数 150 千字
印　　张 6.625
版　　次 2017 年 8 月第 1 版
印　　次 2023 年 9 月第 3 次印刷
书　　号 ISBN 978-7-5550-1172-9
定　　价 41.00 元

如发现印装质量问题,请寄承印厂调换

目 录

第一章　绿色走廊　1

第二章　宣道会　17

第三章　王位继承人　23

第四章　回家　40

第五章　老仆葛娜　52

第六章　法国绅士　57

第七章　强盗的女皇　76

第八章　马泽帕及他的使者　92

第九章　五十年之后的故事　102

第十章　要塞屋子　120

第十一章　一件白色衬衫　136

第十二章　在波尔塔瓦　141

第十三章　看啊！我的孩子！　168

第十四章　会议桌边　172

第十五章　教堂广场　175

第十六章　被掳　180

附录一　海顿斯坦姆年表　201

附录二　诺贝尔文学奖大系书目　204

第一章　绿色走廊

通常的时候，消防官在楼顶卖大麦酒和白兰地。这时，一个身材高大但肩膀窄小的顾客毫无征兆地滚下楼来，陪同这哥们儿一起滚下楼的，还有一个他平常用来喝酒的酒樽。咕噜噜，酒樽滚下楼梯时刚好落在他的两只靴子中间。他穿着破旧的绒毛袜子，没有刮脸。围巾就那么随意地搭在长满久未修剪的杂草般的胡子的下巴和脸颊上。他把手插在上衣口袋里，一动不动地站在那儿。

看到这位顾客，消防官吩咐道："快，大家帮我把那个疯子艾克洛给撵出去！往我的大麦酒里面吐烟渣子，拿大头针扎彼得·品特，这些都是他干的！整个酒馆，都被他吵得没有一个安静的角落！把那张折叠桌收起来。上边发了话，要我们一定守住城堡大门，现在我们亲爱的国王陛下已经病入膏肓了。"

哈更是个看门人，也是查理十一世[①]多年的老仆，一直忠心耿

[①] 查理十一世，也译为卡尔十一世（1655年11月24日—1697年4月5日），1660—1697年的瑞典国王。

耿地侍奉国王。他的脸庞安静淡然，但是配上他那身僵硬的装束和外八字腿，整个人看起来显得风尘仆仆，就像刚从马背上跳下来一样。他捡起那个酒樽，温和地递到艾克洛手上。

"哎呀，我跟你走好了，巡官？不，上校？哎呀，管他呢，反正叫什么都行！"他好言相劝。

"我，拉斯·艾克洛，可是国王陛下的先锋官！我可是行过万里路、会说多国语言的人！在这栋楼里，大家都是一样的角色，谁也不比谁高贵到哪里去！我一定要报告给国王陛下，把你们对我的'招待'通通报告给国王！唔！我一定会这么干的！我早就告诉你们了：天上必将再次降下天火，这火会焚烧每一间房屋，每一间房屋内必将燃起熊熊烈火！瞧瞧我们的日子吧：到处都是外国雇佣兵和军事顾问、不公正裁决、诅咒和永远的哀愁！上帝必将再次挥下他的权杖，给我们这些愚蠢的人类以公正的审判！"

"上校，啊，不，上尉，你就无须再散播这些谣言了，使我们觉得更加不幸！上帝的怒火已经降临在郊区和农村。十多年来，我们连年粮食歉收，饥荒成片。我们的麦子，八斗的分量，要卖到十个银币！这么下去，连国王陛下的御马都会没草料喂的！在这样祸不单行的当口，运粮船还在海上遇见了寒流。"

艾克洛和他一起下了楼梯，小小的眼睛散漫无神，他并没有看到能吸引他注意力的东西。他有时直挺挺地站定，有时又点点头，自言自语。

站在城堡的楼顶，从城堡的枪眼孔可看到地面和一个上面满是剑痕和哨兵的阳台。哨兵吹号或在惯常站立的地方巡查着。而在覆雪的屋顶和塔楼的更远处，在国王岛和苏德之间结了冰的玛勒河上面,还有一些人在穿行。三月的夜里,月光正好,月光就那么斜斜地洒在城堡西厢房的大厅里,和楼顶垂下的巨型树状灯架上散发出的光线混在一起,简直让人难以分辨这光究竟是来自哪里。

"对啊!对啊!"艾克洛含混地应答着,"我的上尉,是的,你说得对。那天火会燃烧起来的,一把火,把我们的荣耀和耻辱通通都烧个一干二净!我看见那些已经上了天堂的人们,他们都化成了天上那一颗一颗亮晶晶的星星。晚上,我的烟圈里会自动跑出那些奇妙的星星来。这些,都预示着旧秩序不会存在很久了。阿拉伯地区的蚂蚱已经遍布匈牙利和法兰西。火山岩已经在慢慢融化成通红的岩浆。两年前,二月天都会有手指那么高的青草在公园里茂盛生长,而且还听得到只属于春天的鸟鸣。草莓在艾西九月就可以采摘了。在如此艰难的现世,神处处在向他的选民显现他一直存在但隐藏着的神迹。"

"我以圣父之名,请求你还是收回你的话吧。"哈更有点口吃地阻止,"你确定你看到那些的时候是醒着的吗?你确定你那时没睡着?还是发生了别的什么事?"

"嗯,我觉得我是在睡着和醒着之间。"

"我保证我会和陛下详细汇报这些事情,如果你乐意把你看到的和你了解到的再详细和我讲一遍的话。你看到楼下那两扇关着的窗户了吗?不到半个钟头前,我就在那里面待着呢。我们可怜的国王陛下,他已经在座椅上放置了枕头和床单,把座椅变成了一张床。他好像'枯萎'了,只剩下鼻子和嘴巴。他甚至不能抬头。哦,我可怜的国王陛下,他还不到四十岁,就要忍受病痛的折磨。以前，当他跛着脚走进宫殿的时候，我真的立刻就想离开。虽然我只是他最低贱的杂役，可是现在他一见到我，就会用手臂揽着我的头好让我离他更近一些，然后开始对我痛哭流涕。我想他对自己的妻儿同样也没什么感情。他的儿子去觐见他的时候，他们父子也不怎么说话，大部分时间只是沉默相对。一个星期前，我还亲眼看到他在记事簿上写下关税等问题的备忘，现在连对儿子的遗嘱都写好了，放在一个密封的铁盒子里面保存着。一有人走进他的屋子，他就热泪盈眶，口吃地对那个人说：'拜托你，一定要辅佐我的儿子，使我的国家稳固、稳固再稳固！拜托你，一定要让我的儿子成为忠贞而贤明的国王！拜托你了，我的国家就拜托给你了！'"

哈更以手加额。他们在城堡上面走着，由一个枪眼儿走向另一个枪眼儿。现在，他们打算下去。

"我们楼下，左面一间是王后的卧房。她已经把自己锁在屋子里好几天了，哪怕是带着设计图纸的泰辛①也进不去。没人知道她在干什么。不过我相信她是在打牌解闷儿。她的牌桌旁边挂着类似于挂表之类叮当作响的挂饰，还镶有精致的花边。这几天，她的房间里传出细碎的沙沙声、碰撞声和出牌声——对了，还有饰有金球的权杖掉在地板上的声音。美丽的海德薇格·史蒂隆格，就站在椅子后面，为我们的王后把它捡起来。"

"哼，她才不会去做呢，她早早就嫁给了一个又老又丑的小老

---

① 即小尼克姆德斯·泰辛，瑞典著名建筑师。1697年，瑞典的楚克罗纳皇家城堡发生大火（即后面的火灾），后由泰辛重新设计并重建。

头儿，然后必须待在家里相夫教子了。你总是沉浸在回忆里，要么就在幻想未来。"

"有可能。"艾克洛闭紧嘴巴，用手指着城堡的北厢房。北厢房是最近由泰辛重建的，旧的那一间已经拆除了。在最高的尖塔上，还放着一些鹰架和高耸的枞树树枝。

"切！你去问问那些小鬼儿们吧，看他们愿不愿意住在那么一个四四方方像棺材一样的盒盖儿下面？呸！估计连鬼都不愿意住的！连个人影儿都见不到，而且未来也不会有人住。我总算知道为什么一定要盖一间新的了。应该叫小鬼们都来，把那个女人抓走，免得她总是在陛下面前造谣说房子闹鬼！你是看门的，你自然清楚：就像我们每个人都有灵魂一样，每栋房子也都有它自己的精灵住在里面，每当有人提起锄头耕地，他们就会受到干扰、感到不快。你还记得绿色走廊吗？就是老教堂里面的那个绿色走廊！在那里，我算是第一次开了眼界。哦！我一定要把全部的经过都告诉你，看门的。我一定要告诉你——当然，是在你乐意和我一起去的情况下。然后，你得履行你的承诺，把这些都向国王陛下汇报。"

一边说着，他们已走到入口。走上放下来的吊桥，他们横穿过护城河。一位朝臣带着皮袋正从马上下来，他回答着口令，并下着命令，冷冷清清，清清楚楚。这声音也正好和他们的脚步声相应和。

"我曾经在斯德哥尔摩附近往北一直走了六英里[①]，只找到了三个人。我看到他们的时候，他们几个正在分食一只饿死的动物。加

[①] 1英里≈1.61千米。

5

了许多树皮的饭，在诺尔苏德还要五个银币。士兵们普遍吃不饱，很多人濒临死亡。几乎每个军团的非战斗性减员都要占到一半以上。"

艾克洛一边点头表示同意——就像他老早就知道这些事情是这么回事似的——一边夹着酒樽继续在哈更身边走着。他的手不断拍打着自己大衣后面的口袋。

在两人走到艾克洛家的顶楼时，艾克洛很不信任地斜睨了哈更一眼，哪怕当他拿钥匙开门的时候，还不停地左看右看，一遍遍确定自己离开家的这段时间内，没有什么歹徒来溜门撬锁。艾克洛家房子很大，可是看起来空荡荡的。一个松鼠笼子钉在窗户上，一些乱七八糟的看起来一点儿都不像钱币的东西钉在墙上，几乎钉满了整个墙壁：艾柏林银币、大大小小的铜币、五个硬币，另外还有几十张早在三十年前就作废的潘史考其银行纸币。

"蠢货！"他大叫，"你们把自己的财产埋得那么深，常常连自己都不一定找得到。我可绝对不会这样，我会把自己的财产放到自己看得到的地方，这样，万一哪天上帝发怒，又起火了，我就可以马上把它们装进袋子里。"

艾克洛小心翼翼地从墙角拿出五块木头，放在炉子里，然后用焦油浸泡过的燃火棒点着了火。随后他又点好了两个人的烟斗。房间里没有任何可以坐的椅子，于是他们就只好席地坐在火炉前。

"好了，开始你的讲述吧！"哈更鼓励道。

艾克洛开始了他的讲述：

我从来没见过比绿色走廊更可怕的地方。那个时候我还是轮船上的一个小巡官，我每个月还有250块的津贴可拿。我是被别人从职位上赶走的。因为他们害怕我会一直待在船上，直到升到将军才罢休。而这个职位是漠斯·华其美斯特一直想得到的。"那是个疯子！"他在甲板上大声喊。他这么喊不为别的，就因为我和和气气地要求他：如果想让我去做维修工作，就要先向我脱帽致意。他这些举动毁了我——从此，无论我走到哪儿，大家都叫我"疯子艾克洛"。现在大家也这么叫。就像那些可怜的异乡客，他们抬自己的同伴到墓地，又抬自己的主人去墓地。最终，为了很少的钱他会出卖朋友，为了得到那么一顶漂亮的礼帽或一件黑色风衣，什么事都干得出来。匆忙中，偷来的丝带会从他的口袋里掉出来。孩子们跟在他的身后，大声叫他："抬尸人，抬尸人。"是的，有人会迫于生活的压力，渐渐变成这个样子。可是在涉世之初，我们大家不都一样吗？都吃同一袋面粉烤出来的面包。哦，我的朋友，现在开始，你可得逐字逐句地向国王陛下报告我所说的话。那个时候，我很擅长绘画和素描。就在我和华其美斯特船长闹翻的前几天，我得到一个好差使：带着另一个巡官尼尔斯去一栋河岸边的城堡巡查，那附近有一座老式的天主教大教堂。我们要去教堂的地下储藏室画下一整座大船的破旧船灯，以供王后在她的玛乐单桅船上复制时做参考。

我们俩在那里坐了整整一天，连猜带蒙地画着那条大船的破灯。说真的，那灯实在是破得连鬼都不知道怎么把它们原先的样子画出来。突然，我来了兴致，大声地问尼尔斯："尼尔斯，你见过五条腿的狗吗？"

尼尔斯耸着他的肩膀，我继续往下说："我在广场上刚看过一个。它用四条腿走路，第五条腿放在嘴里。"

尼尔斯十分恼怒，我就用更大的声音嚷嚷，故意挑拨他："你真不是个聪明的家伙,那就只好让大家看看你是否勇敢了。我和你打赌,我可以单独带上警铃走一趟绿色走廊!赌注是一杯绝佳的西班牙酒和一个金币。金币放在酒杯下面就好了!"

"你一旦决定的事情,肯定是别人怎么劝也回不了头了。但是,这并不是说我出不起钱或小气。我和你打这个赌了,艾克洛。但是你要是出了什么问题,我也不会对你的老母亲负任何责任,所以,我要回家了。再次奉劝你,白天这栋房子美极了,可是我永远都不会在晚上去那里,因为晚上那里总有稀奇古怪的事情发生。我宁可在市区最烂的房子里过夜。"尼尔斯回敬我。

我大骂他是个懦夫,然后请他趁早回家。当就剩下我自己的时候,我才注意到太阳落山了,天色也已经暗淡无光。为了坚定去绿色走廊的信心,我爬了几层楼梯,透过锁眼朝里面看。

绿色的墙壁斑驳地记录了岁月的痕迹,里面的烘漆都隐约外漏。贴着墙放着很多没人要的旧家具:小橱柜、椅子、陈列着的玩具马和狗。一张带帷幔的床放在最远处。走廊的每一处都显得那么幽深。屋顶上的水一滴滴落下来。

那时是五朔节前夜①,因而天还有点亮光,我的信心也因此增加了不少,不大害怕了。我坐下来等着游魂的出现。我早就知道,屋顶有很多游魂——那些被看门人称作戏谑鬼的家伙们。因为他们会在黄昏时刻抬起楼板,把头露出来。他们的体形还没有三岁的孩子壮实。他们长得很像女人,全身棕色,赤裸着。他们经常坐在柜子上朝人挥手。碰到这种鬼的人,一年之内必死无疑。他

---

① 五朔节:欧洲传统民间节日,又叫迎春节。主要用以祭祀树神、谷物神,庆祝农业收获及春天的来临。五朔节前夜即4月30日。

们常常在楼顶上跳来跳去，或者在厕所里缩着，或者在椅子底下弄出各种声响。所以，宫里的宫女们宁可晚上憋得肚子痛也不上厕所。

我打算只要一有风吹草动，就弃门逃跑。

但是现在我还想往前再走走，不过我实在是太害怕了，用手拉着门把，怎么也迈不动步。透过窗户，看到布尔根堡教堂那耸入云霄的尖塔，我一下子就来了精神，立刻就跳进绿色走廊里，希望在教堂的钟声还没响完之前赶快穿过去。因为我笃信教堂的钟声可以让任何鬼魂都失去力量。

突然，我看到一个黑影从走廊的中间显现出来，从床的帷帐中滑到手摇椅上，像马上就要攻击我一样。我的腿马上不听使唤了，左腿砸到地板上，我清晰地听到了自己的尖叫声充满了整栋楼。就是在这个时候，我才开了眼界；也就是从这个时候起，大家叫我"疯子艾克洛"。

借着照进来的月光，我看见了一个人坐在椅子上。他和我一样，直挺挺的，动也不动。突然，他抓住我的肩膀，咬着牙问："见鬼！你是干什么的？间谍？还是王后未亡人①的守卫？"

"啊，上帝保佑你！"我小心翼翼地回答着。我在这个时候终于明白：他和我一样，也是个大活人！他搭在我肩膀上的手不停地颤抖，看来这家伙的恐惧一点也不比我少。我甚至看到他的脚上只穿着袜子，而鞋子则胡乱绑在上面。

趁此机会，我马上机灵地为自己开脱，说明我到底为什么蠢得要死会到这里来。很快，我得到了他的信任。

---
①即下文中的海德薇格·伊丽欧诺拉，查理十世的王后，查理十一世的母亲，查理十二世的祖母。查理十世早已去世，所以她被称作"王后未亡人"。

"去他妈的吧！我就没见过这么破烂的地方！"他大声嚷嚷着，以缓解刚刚受到的惊吓，"这破屋顶，也太能漏了！把我的新鞋子全淋湿了！只要我他妈的还活着，我就一定要盖一栋新的。这位好心人啊，你能不能把我从这间迷宫一样的房子里带出去？我要到舞厅去。至于我是谁，这个并不重要。"

"好的，很乐意为你效劳，先生！"我应承着。我早就认出来了，他是首席宫廷建筑师泰辛。

他沉默着，拉着我的大衣角，示意我为他带路。我转过身，走在他的前头。我想，我俩都庆幸在楼上碰到的是对方而不是其他的什么。舞厅到了，他吩咐我站在门外，不要进去。事实上，我早就觉察到戏谑鬼在我们背后的黑暗里顽皮起来了，所以我的手一直和门把手密不可分，准备趁他不注意随时打开门溜走。我查看了一下周边的环境，透过窗户可以看到河岸，里面墙壁上挂着好多倾斜的屏风，上面画着树木和古代的白色寺庙。

泰辛站在大厅中间，拍了三下手。

一个宫女从屏风后面走出来，提着一个小小的黑色灯笼。哟，这不是海德薇格·史蒂隆格吗？我们王后的高级侍女！我上下打量着，"这位刚从国外回来的纨绔子弟难道已经做出这样的事来？"

"我的海德薇格，我最亲爱的爱人，"他说道，"我们直接去你的房间吧，不要争论了，可以吗，宝贝儿？"

海德薇格·史蒂隆格在那时已经三十五岁了。在他们俩刚相见的时候，她显得那么不自然，我还以为她是个冷美人呢，但是当泰辛把她搂在怀里的时候，她变得羞赧而温柔，脸都是红的。

看到这一幕，我完全忘记了泰辛的嘱咐，大声叫好："对，就应该这样！"

泰辛听到我的声音，转过头来，皱了一下眉，然后说了几句话，解释我为什么在场。

"我们需要其他人来帮点儿小忙。艾克洛，只要你学会在需要的场合闭嘴，你的酬劳一定不少！"

随后，他命令我打着黑色灯笼，带领他们穿过空旷的会议室——难得他这么信任我——走到他要去的地方，也就是王后卧房旁边的厢房。那里睡着很多美丽的女人。在路上的时候，我决定，一旦我摆脱了这个麻烦，我就会去向国王汇报。

反正我会去见国王的，我还有另外的一些事需要汇报呢！我这样决定着。但是突然我听到了戏谑鬼晃动门把手的哗哗作响的声音，接着我就看见他们拿着星光跑到了楼下档案室里，那里有专门盛放国家事务档案的壁橱。走到最后，我看见王后的守卫提着黑灯笼，站在厢房的前面，靠着墙睡着了。"我溜出去以后，他才过来轮值的。"海德薇格·史蒂隆格说，又摆出一副道貌岸然、僵硬呆板的样子。"他从来也不会想到鸟儿已经飞出去了，但是现在的问题是我怎么才能回去。"

她推了一下泰辛的胳膊，想了想说：

"我担心他已经开始怀疑我们了。我有一种不好的预感，说不定今晚我们会被别人发现，成为丑闻的。那样的话，王后就要吃醋了！"

泰辛的手在空中比画了几下，眼睛亮晶晶的，像在和看不见的敌人作战。

"哈哈，吃醋？她已经四十多岁，头发已经开始变白了，声音也嘶哑得像个男人。我怎么才能洗脱这种嫌疑呢？怎么才能得到你的真心？你要知道啊，在瑞典，除了海德薇格·爱里欧罗那，谁才能更好地保护我呢？但是，从今夜开始，你就要和我终身为伴了。不过，请你不要害怕，你不会受到任何屈辱，我保证！我们完全可以叫一辆雪橇吧，然后，就可以和瑞典说再见了。在意大利那里，我有一些朋友。"泰辛向她鞠躬示意。

"我的在天之父会知道的，"她回答，"我愿意一生都追随你的脚步，随你到天涯海角。虽然我对男人并不十分依赖，但是，我愿意一直陪在你的身边，无论贫富，无论艰辛与安逸，都不离不弃。但是，我想我们还是咨询一些朋友的意见之后再作决定。我觉得今晚和国王一起喝酒的那个埃里克·林德斯克德就很好！艾克洛，你到庭院那里去看看，在国王陛下的楼梯口等着林德斯克德，然后务必把他请到这里来！"

泰辛用手势阻止了我，但是我毫不在意，因为我更愿意听从来自高贵女士的吩咐。

到了深夜，我才和林德斯克德一起回来。他问过我详细情形之后就开始狂笑，笑得假发乱颤，好像他才是这座城堡的主人。

他并没有缺了礼数，进舞厅的时候，行了屈膝礼，挥了挥礼帽，说道："我高贵的朋友们，你们真是色令智昏，毫不顾及你们的名誉和地位了。你是被色胆冲昏头脑了吗？竟然觉得你们能够成功——虽然你或许真的有躲过惩罚的运气而得到这位你梦寐以求的高贵女士。但是我还是要好心地奉劝你：人类悲惨的命运始于亚当在某一天醒来之后，发现他旁边被新制造出来的夏娃，还要对她说：'恭喜你的新生。'"

"无赖！蠢材！笨蛋！难道这就是所谓的机智风趣的瑞典修

辞^①吗？林德斯克德，你一定是喝醉了。"泰辛向他的爱人大声抱怨。

"他才刚刚喝到微醺，正在兴头上呢！"

林德斯克德没听见他们说的话，自顾地继续说下去，使得整个大厅都回响："我早就觉得这事儿不大对了，贵族阶层会到处宣扬这件丑闻的。你们要到意大利去？哈哈，首席啊，这里有一块可以让你大展手脚的土地。恳请你再确定一下，是否你真的要将你的皇家设计图纸丢弃不顾，而只身离开？没有人比你更清楚，你需要的到底是眼前的这个女人还是你的艺术。"

泰辛的脸在一瞬间变成了红色，低头看着灯笼。

"我决定要嫁给首席，就是这么回事。"海德薇格·史蒂隆格在一旁声明。

"那是当然！王后会这么说：'我会用花园里最美丽的花朵和藤蔓给他们编制一个花圈。'我虽然出生在庄园，有着显赫的祖先，但是我父亲当初只是一个普通铁匠，尽管不久之后他就成为史基那市的市长了。想想看吧：我们的首席也是来自史基那市的，在那里他会造什么建筑呢？史基那皇家城堡？还是史基那市景观？愿魔鬼夺走我的灵魂！要想专心做自己要做的事，就是要付出惨重的代价的。"林德斯克德把手放在左胸前说。

林德斯克德做了一个化装舞会上脱掉斗篷的动作，迅速上前，紧紧抓住泰辛的胳膊。

"你就把你的热情控制一个月，就一个月！现在，按照我说的去做。首席，请亲吻你选择的人，后退三步，两位相互敬礼，然

---

① 瑞典人模仿法国人的说话方式。

后请跟我来。艾克洛,你去把守卫的灯笼吹灭,再用传声筒把他叫醒。他被吓跑之后,你就把鞋子朝他身后一丢,让他觉得是戏谑鬼干的。然后,这位高贵的女士,请您回房间时务必保持安静,不要引起大家注意。在某一个预定的时间段,你独自到波美拉尼亚公国南部旅行,首席会赶过去,在那里与你会合,并和你结婚。国王陛下这边,交给我就好啦!至于王后,那个诡计多端、连魔鬼都拿她没办法的人,也一并交给我好啦!同时,对于那些贵族们,我会暗地里调查一下,彻底知道他们的老底,这就足够让他们对这件事噤口不言。那么,我的孩子们,你们的好时代就要来了!你们要是早点儿认识我这种见识高远、胸襟开阔的人,何至于此——啊,尽管国王永远不会知道他的名字。但是现在,听我的,你要留在这里,完成你的将被人传颂的事业。"

当我正对守卫下手的时候,泰辛耸了耸眉毛,说:"如果你能保持沉默的话,你会得到应有的奖赏的。"

从此,我不幸的生活开始了,连我的慢性病都成了大家嘲笑的对象:我生病在家,痛风、肺病、鼻病、腿上中弹、头脑中嗡鸣……我把那个名誉扫地的家伙给我的"奖赏"拿出来,我才发现那些钱是几代前就已经作废了的。

"这些,你现在就可以报告给国王陛下。"艾克洛本来打算多和哈更说会儿话,但这时候有人在擂门叫哈更回去,因为国王病危了。

在逾越节之后的次日,人们风传国王已经不行了。艾克洛毫不吃惊,像早就知道了这个消息似的。街上站满了因为饥荒而从农村被驱赶到城里的男人和女仆，他们无家可归，绝望地站在雪地上……白天艾克洛和他们聊天，听他们倾诉，晚上则继续创作他的预言信，然后寄给皇家首席牧师威廉。在信里，他这样写道："不幸的人习惯了在黑暗中生活，所以他们能够看穿一切假象，看到隐藏很深的东西。"

在四月这个季节，当他把一封预言信塞到威廉的门缝里面之后，回到家里，像往常一样吃着风干梨子，和窗台上的松鼠说话，钟声和警报声响起了。他从窗户探出头，看到城堡的顶层已经被浓烟笼罩。他转身回房，把一直挂在墙上的钱币摘下来，一个个数好装进口袋，然后浑身颤抖、牙齿也都咯咯作响，一手拿酒樽，一手提着松鼠笼子，跌跌撞撞地下了楼，向街上跑去。

他一头撞在了一堵墙上，站好之后，转过身来，看到那蜿蜒的火势已经烧到西厢房。在熊熊的火焰当中，教堂上的钟和雕饰纷纷坠下。

"看！看！"他大叫，"戏谑鬼居然在白天出现了！看！他们蹿上屋脊和塔楼顶端！他们手持火把，开心地在泰辛新建的塔上玩闹，而泰辛是他们极其厌恶的一个人。他们想和这栋房子同归于尽！这只是开头罢了，大火会烧掉一切的！"

士兵们和御前侍卫们疯了一样向桥上传递水桶、家常的椅子、橱柜和画像。城门旁边军火库的小门突然开了，海德薇格·伊丽欧诺拉——查理们的母亲——被两个朝臣架着跑出来。她缩成一团，却仍要坚持着站住脚，回头观望。风把她的纱巾吹起来，吹在她哭红的眼睛、挺直的鼻子和擦了一层厚厚的粉的面颊上。

"哈哈哈，本是用来安葬你儿子的棺椁却做了给他火葬的材料！它们在燃烧！在烧你儿子的尸体啦！"艾克洛指着火光大喊大叫，"你看，你的子孙们世代世袭的宝座已经燃烧了！在你见上帝之前，你将亲眼见证他的王国是如何毁灭的！你不会忘记他是手里握着血块出生的吧？"

他顺着墙根走，急急忙忙绕过街角到格桑德去。火星儿迸溅着，就像天上的星星。在教堂的深处，有一座三层高的三皇冠塔，它比任何一栋建筑的顶层都高。它的每一层都被火舌给吞没了。浓烟从枪眼儿里拼了命地往外钻，就像加农炮的炮火一样猛烈——这大概就是夜间的戏谑鬼吧？连火焰都要向他们致敬！瓦沙国王的皇宫也跟着烧起来，火舌一次次喷涌着，浓烟蔽日，遮盖了仿佛是古老的国家徽章的巨塔塔尖。火光向上蹿去，一直烧到了金色的皇冠。而皇冠的样子十分狼狈，就像三只正在避雨却又被迫卷进雨中、湿了翅膀的鸟儿。圣尼克拉斯教堂的修士们敲响了教堂的大钟，可是当他们发现塔楼的地板和拱门也随着火势的蔓延而塌陷的时候，就不顾一切地逃走了。

受到极度惊吓的妇女和孩子们开始哭泣、奔跑。后来，有人传说，就在这时候，大家看到一个疯子抱着一个松鼠笼子和一个白色的酒杯唱着荒腔走板的忏悔诗出城了。

第二章　宣道会

大教堂里的人忽然一下子全体起立，向教堂对面的皇家军械库看过去。新国王查理十二世①正从马车上下来。

他很英俊，但看起来就是一个还没有长大的孩子。他戴着一顶装饰了羽毛的帽子，配上那一副大卷发，显得十分滑稽；走路十分轻快，和时下流行的屈膝行走法很相似。国王把帽子夹在胳膊下面，眼睛始终看着地面，脸上一副拘谨而尴尬的神情。他的整套丧服十分华丽：高级貂皮大衣、配镶金花边的手套、西班牙定制的高级镂花皮高跟鞋（上面还装饰着扣袢和丝带）。

他带着困扰的神情在大家的目光下走向在保护神围拱着的王室专席。他坐下来，死盯着祭坛，神情僵硬，但怎么都无法集中精神。最后，牧师站在讲坛上，一边讲道，一边重重拍打《圣经》的封套。这时，教堂里传来一阵窃窃私语。国王的脸红了，他以为自

---

①查理十二世（1682—1718年），瑞典在大北方战争时期的国王，终身未婚。有学者将其称为"18世纪初的小拿破仑"，具有军事天赋，但有着征俄失败的命运。

己没有集中精神的事被大家看出来了。不过他的思想还是很叛逆，马上又开始胡思乱想。为了掩饰他羞赧的性格，他开始揪貂皮大衣上的黑斑点。

"瞧瞧吧，他的父亲根本没把他教育好！真应该好好教训教训这个只会揪自己大衣上黑斑点的小鬼！"一个女声从最后一排传来。

"你说话时也不瞧瞧你自己是什么身份！"一位显然要高贵得多的女士一边骂，一边把那个说话的女人推到走道上去。

那位拿着手杖四处打人的老人是典礼监察官。他在会场巡视，一旦看见有谁打瞌睡、点头，就用杖子敲他们的脖子。被打的人里面也有很多贵族。有些贵族想回过头去看，但是就在这时，牧师发话了：

"我祈求和平，来自基督的和平。到何处去寻找和平的甜美面貌？去人民之中，去忏悔之中。赶紧掌握住和平吧，和平只在教堂和国王陛下的手中才能找到！为找到和平的人欢欣！寻找和平，才会得到和平。因此，你们这些在世上寻求和平和爱的人们，不要滥用上帝置于你手中的权力和宝剑，请只有在保卫你的子民时，才将他们高高举起。"

听到这个祝福，年轻的国王再次红了脸，不太好意思地微笑着。坐在他对面的王太后①，也在努力维护着自己的矜持，时不时微笑一下。不过，坐在王太后身边的年轻公主笑得很开心：游丽嘉还能一本正经地坐在座位上不动弹，可是海德薇格·苏菲亚早就笑得"七荤八素"，连她的细长脖子都开始弯曲了。她知道自己畸形

---

① 即祖母"王后未亡人"。

的大拇指是被手套掩盖起来的，所以她放心大胆地把祈祷词举到嘴边来遮掩自己的笑容。

　　国王大胆起来，开始东张西望。他看到自己坐在一间稀奇古怪的教堂里。教堂里堆满了上次火灾时从城堡里抢救出来的东西，只留下一条过道。在祭坛的角落里，放着伊芸斯达儿画的基督受难图，不过已经被卷起来了。在史凯提的坟墓后面摆着一张加长的大床，他认出来，那是他父亲临终前用过的，上面装饰的羽毛和绿色帘子是那么熟悉。不过，认出父亲的遗物并没有让他感到十分难过，因为"父亲"这个词对他来说代表的是权威，是恐惧，甚至是神的代言者，而不是血亲，不是一般意义上的"爸爸"。他记忆中的父亲和他演讲中的父亲是一致的，感情都非常平淡。和其他人一样，他一般叫他"老王"。他的眼睛在四周一一看过去，最终在自己的老师挪可攀希斯的墓前停住。老师的墓在走廊下面，墙壁上挂着盔甲。老师已经去世几年了。他的这位老师可以说是他在儿童时期最依恋、最信赖的人了，是个十足的好心人。国王又陷入回忆：冬天的时候有好几个小时的早自习，他坐在书房里，学习各种科目。他把灯芯拉来拉去玩儿，听亚当吉姆讲古希腊罗马的英雄故事。自从老王去世，他就像在噩梦中生活一样。他知道，在这段时间内他不能表现出欢乐的神情，只能终日以一张哀伤的面孔示人。但是他同样知道，很多人在私下一直在讨好他。他能够放肆地和这些大臣们开玩笑，甚至连平日里最严肃的佩博大臣也一再和他说，国王不要总是这么哀伤，应该擦干眼泪，玩玩年轻人的游戏，比如踢踢毽子什么的。身边一群拘谨严肃的面孔还是会影响他，但是在他的心里，他已经模模糊糊地觉察到，他已经胜利了。那些以前让他感到十分恐惧的、总是皱着眉头、一脸严肃的老大臣们，在他的面前一瞬间变得柔和而谦恭了。在饭桌上，这些老人依旧神情严肃地坐着。于是，他就把饭粒扔到他们脸上，然后大笑着跑开，一直到王太后焦急地摇着铃铛喊他回来吃饭，他才会重新坐到饭桌边。城堡的大火除了恐惧和惊慌，在他的记忆里就只有欢乐了。那甚至可以算得上他生命中最欢快的一天了。其他人的惊慌失措和祖母的晕厥只能增加那一天在他记忆里的刺激效果。但是一切都随着那天的浓烟消逝了、飘散了，老王——他的父亲也去世了。瑞典整个国家的希望一下子都寄托在他的身上了，于是，他就这样孤独地坐在这栋教堂里，尽管他年仅十四岁。

突然间，他似乎觉得牧师化身成为亚当吉姆，摇着铃铛，召集王室成员更紧密地围绕到国王的身边。牧师在向国王再三致意之后，要求国王不要听信小人的谗言，要求国王无私奉献，一心只为瑞典民众谋求幸福，使得瑞典民众可以在国王的带领下沐浴上帝的恩泽。

牧师的声音洪亮清澈，传遍教堂的每一个角落。年轻的国王被深深感动，他还想继续走神，但是发现自己做不到了。他把头埋得更深了。

坐车回宫殿对于这位年轻的国王来说就是一种放松。一回到那里，他立刻就把自己反锁在房间里，就连王太后都没能把他叫下楼来吃饭。

他的卧房外堆满了他很少使用的书籍——除非去上课，而他又很少去上课。他已经开始思考世界的起源这一类的哲学问题了。

他也醉心于科学，不过他非常厌恶书籍，就像那些把云游四方看作是自己的使命而轻视读书的游吟诗人一样。摆在最上边的是一本地理书，他很快把书翻了一遍就放下了，然后急切地抽出最下面的一本。他一手拿着书，保持坐着的姿势一动不动。

书很旧了，甚至有些残破，都是一些手抄的祈祷文。这是他幼年时背诵的，很多都不记得了，但是只要他稍稍复习几遍，就立刻可以重新背诵。

晚上他只喝了一碗养胃汤就吩咐御前侍卫为他更衣了，侍卫们也以为他只是累了而已。他取下假发，露出了修剪得很短的棕黑色头发，穿着衬衫爬上大床，样子很像个女孩儿。

一只狗窝在他的脚边上。在床脚下方有一个银色水盘，上面点着蜡烛——我们的国王很怕黑。通向外室的门一般是打开的，里面躺着一名仆童或者是国王的玩伴。在今天晚上，国王下定决心，以后关上这扇门。侍卫们听到吩咐以后，开始觉得有些不安。但他们很快觉察到，国王精神有些异常。

"我的陛下，您这是在做什么呢？"哈更，这位忠心耿耿的前朝老仆人，还是以对待孩子的口吻和国王说话。

"听我的吩咐就是了，从今天晚上开始，这扇门就关闭吧。"国王命令道。

侍卫们敬礼过后，倒退着走出卧室，不过哈更和另一个名叫哈尔顿的侍卫还在门外。他们听到国王翻了个身，以为他躺下了。哈更忍不住通过钥匙孔偷看：烛光下，年轻的国王挺直着身子坐着。

城堡顶和卡尔克堡公园的菩提树林，在晚风阵阵袭来时又变得喧闹起来，但房间里已经很安静了。哈更很惊讶，因为好像听到了什么人在说话，声音很轻，断断续续得像耳语一样。哈更提高了警惕性，继续听着。

"我要控制自己，不被谄媚和骄傲引入歧路，以致贪图享乐，从而辜负了神的眷顾和人们的拥戴。"哈更终于听清楚了：这是国王在祈祷。

哈更情不自禁地跪下去，合掌和国王一起祈祷。他跪下去的时候，听到了国王更为清晰的祷告：

"虽然贵为强大帝国世袭的国王，但我依旧祈求，每当我念及神的恩典和祝福时，永远是谦恭的。基于此，我将尽力追随基督的脚步，追求美德和知识。对主赐予我的这项工作，我会巧妙地处理。我至高的主啊，您能够拣选君主，也能够废弃君主，请允许我顺从您的旨意，不至于自毁江山，不至于用您赐予我的权力去欺压民众。奉耶稣基督之名，阿门！"

第三章　王位继承人

在小宫廷里待着，真是一件无聊至极的事情啊：穿着黑袍的国会议员永远在打着哈欠，不打哈欠的时候他们就茫然地目视前方，仿佛在为一件事挠头，那就是他们穿着的两只鞋子为什么会一模一样，而不是一只脚上是长筒马靴，另一只脚上是丝质拖鞋。御前侍卫们也在打着哈欠；楼下的厨房里，厨师们最开心的话题就是把手指伸进油腻的食物，品尝一下味道，然后讨论："这样够不够酸，能不能酸倒那些大人物们的牙齿？"

车夫们给马匹绑上黑色的羽毛和黑色的丝带。桌子上也都铺设着剪裁好的黑布。老国王被安葬在葛来佛来尔岛。即使老国王已经去世很久，天篷和丧幡依然在这里飘着，为老国王而鸣响的丧钟声音传到很远。加冕仪式进行着，大家都身着丧服，除了年轻的国王：他穿着紫色的礼服。队列转过依旧堆满积雪的街道。虽然加冕仪式给大家带来了欢欣，但是，在首都，老国王去世时的黑色氛围依旧存在，沉闷得已经到了大家都无法再忍受的地步。

在一个死气沉沉的午后,老王后的主厨手里端着一盆熟番茄,大声地跺着厨房的地板。"我的天,你们还在那里打哈欠、偷懒!我们今天会很忙。荷尔斯泰因公爵①很快会大驾光临,他送了名贵的水果过来,我们的王太后陛下和葛来塔·兰格尔小姐已经尝过了。已经旅行归来的首席建筑师泰辛很快会到厨房里,告诉我们这道菜的做法——快啊,再擦擦锅子和灶台!擦得光亮一点!"

这天,这个世界上最偏僻的宫廷终于不再那么无聊,大家都重新有事可做。但是,在餐桌上,除了番茄没有其他话题。于是大家就都开始讨论这些番茄:从番茄的味道到番茄的烹调方法。老议员们甚至忘记了他们以往的表现和职责,在餐桌上开起玩笑来。

吃完饭,年轻的国王扯着拉斯·华林斯代德议员的外衣一角,把他拉到窗前。他走路的样子像极了一只正在发怒的熊。

"我的议员大人,您能告诉我怎么才能为人民奉献一切?去年的那场讲道依旧在我耳边回响,我不敢忘记。"年轻的国王极其诚恳。

作为一个议员,拉斯·华林斯代德对于任何一位国王的任何一个问题都习以为常。他习惯性地咧一下嘴巴,好像"噗"了一声,回答道:"国王应该克服自己的一些小情绪,使自己能够更好地领导民众。我们在教堂听讲道的时候都是很虔诚的,每一个大

---

① 指荷尔斯泰因·戈托普公爵,弗雷德里克四世,是查理十二世的表兄,并于1698年迎娶了查理十一世的女儿海德薇格·索菲亚。

主教和长老牧师都会说：要为民众服务终生。但是讲道过后呢？从老王之前的时代，议员们就开始只为他们自己的权力而争斗了：欧辛史坦那、吉林史坦那，哪个不是想拥有更大的权力然后使国王大权旁落？这也是我支持你尽快即位的原因。现在你虽然还很年轻，但是也应该尽快把执政的重担从王太后那里接过来。"

国王的老师拉贺姆站在窗旁边，在听到"执政的重担"后，在窗台上用手指写道："老女人只在乎权力而不是重担，她以为那是很轻盈的东西。"

"的确如此！的确如此！我忠心的华林斯代德，我一直都是这么考虑的，并且一直想尽办法这么做！总要有人坐上王位，但是能够担负重任，这谈何容易！打个比方：我今天想去康索尔猎熊。我为什么会想去呢？我能不能想其他的事情呢？愿望对我来说就像是脚镣，不能挣脱，我不知如何是好！我希望做我自己的主人，唉！"国王说道。

他走进外室的时候已经是傍晚了，蜡烛已经点起来了。桌子上的铁箱是他父亲的遗物，里面封着老国王最后的遗愿和他作为父亲对儿子的最后托付。老国王去世已经有一段时间了，但是我们的新国王一直还没有打开它的勇气。有天晚上，我们的新国王已经把上面的封条撕掉了，但是在最后时刻他还是没有把它打开。今晚，他觉得是时候了。

当他把钥匙插进箱子的钥匙孔里时，他怕黑的老毛病又犯了。父亲的棺木和遗容又浮现在眼前，和他四目相对。他把哈更叫进来添柴火，然后他转动了钥匙，拉开盖子，颤抖着把箱子打开，拿出那些写满了字的纸条。

"注意集中自己的权力。小心你的心腹大臣,他们有很多人私通法国。最热切的人最关心的往往只是自己的利益,没有人会给你建议。"一张纸条上这样写道。

他专心看完父亲的警告,没有注意哈更其实已经走了。

现在主宰瑞典命运的人已经是他了。他的高级官员们即将宣布他成年。他不知道他们的目的:为了讨他的欢心?为了他们自己的利益?还是真的单纯为了整个国家的未来?他们对他的爱大概不会超过对自己的妻子儿女的爱吧?同时,他也不能和这些老人有很好的沟通。但是他又能够和谁说话呢?和那些和他同龄但是对世事一无所知的孩子们?从现在开始,他必须独自一人承担一切,必须自己接手父王的权力。况且,他已经向神起誓:他要做瑞典最优秀的国王。但是作为最高统治者,他还从未得到过神示。他陶醉在自己的想象中:他的时间还有太多,而老国王,这位令神都发怒的王,已经作古了。云霄中传来歌曲,欢呼声遍布大地。

他站起来,重重地拍了拍桌子。

拍柏首相没说错:"瑞典就是那个在世界末端由一个小镇里的皇宫管理的伟大国家。"但是那样的时代已经过去了!他需要自己加冕,然后带着皇冠骑马进入教堂。在他出生的那个六月的早晨,狮子座最明亮的一颗星星从东方冉冉升起,那不就是一种神示吗?在大街上,他的马踩坏了地毯,他就把地毯送给马夫们做衣服了。参加典礼的贵族们必须自己走到教堂去,国会议员们则像侍卫一样等候着他的到来。他一直不知道为什么他必须尊敬他们——这些他一点儿都尊敬不起来的人。他也从未下诏书赐予任何人权力。所以,应该是人民向他宣誓效忠,而不是他来宣誓忠诚于人民。

在祭坛前,他暗暗起誓,从这一刻起,他要做堂堂正正的瑞典国王!

走到镜子前,他看着镜中自己那张因为生过天花并不平滑但肤质细腻如女子的面庞,抚平自己眉毛间的皱纹。

他骑在凳子上,手指向空中,像骑马一样在屋子里跑。

"前进,我的兄弟们,前进,为你们的国王前进!跳!布里恩,你跳啊!"

他想象着自己正策马驰骋于草原杀敌,战力十足,虽身中数弹但刀枪不入,子弹从他的胸膛里落在草地上。四周围满了人群。法国国王骑着一匹白马驰来,从远处就向他挥舞帽子。

楼下的大厅里面,前朝遗老们还在继续讨论着。他们听到楼上的响动,呆了一下,继续听着。只有拉贺姆在有水汽的窗户上写字,一边写一边说:"那是我们的国王。他正在忙着处理国家大事,他正在思考如何向我们宣布他已经成年这一消息。"

华林斯代德撇了撇嘴,生气地瞥了他一眼。

国王已经骑了一圈,突然想起了什么,于是他走到门口。

"克林科斯多姆!克林科斯多姆!"他大叫,"你得告诉我,我为什么会有骑马去康索尔猎熊的愿望?"

克林科斯多姆是个快乐的侍童,面色红润,嘴巴灵巧。他回答道:"因为天气不好,笨熊们一直在洞穴里睡着,我们就是拿猎枪也不能把它们吵醒。这么恶劣的天气猎物根本听不到枪声。这个天气根本不能打猎!但是,我的陛下,我还是要吩咐人马准备下,是吗?"

"你有更好的建议吗?"

"哪一个建议都要比这个好,可是……"

"不——我们骑马到康索尔去,尽管看上去这不太可能,但是我们一定要到那里！"

不一会儿，年轻的国王就骑着他的马走在王后大道上了。他们一行人马沿着主干道，走到市郊，一直走了下去，最后在圣·克莱尔教堂后的一座黄漆房子前停下。这里有一家小客栈，客栈的老板是玛琳大妈，她是个老寡妇。住在客栈里的工人都在城堡工作。夏天，他们清理了玛琳大妈的草场，在她庭院的木板上面画了很多画儿：胜利之塔、短剑、跳舞的意大利人……庭院里面有很小的一块角落是欢乐屋，那是个小小的有壁炉和烟囱的房间。房间有两扇窗户：一扇窗是开向王后大道；另一扇窗是面向桃树和花房。——现在它们都覆盖在雪下。几个星期了，玛琳大妈一直把好吃好喝的不断送到欢乐屋里，老顾客们都不知道她到底安排了些什么人住在里面。甚至，她还在一场贵族拍卖会中为她的客人们买回了一架旧钢琴。于是晚上的时候，奇怪的旋律和柔弱的歌声就从拉紧的百叶窗里传出来。

在国王的火炬马队到达的时候，玛琳大妈刚好从窗户的缝里向街道上窥视。

"是他！我们年轻的国王来了！从房子中间的百叶窗可以看到的。把灯熄掉！"她大叫着，敲着娱乐室的门。

就在玛琳大妈吆喝的时候，国王骑着马，和他的马队一起速度极快地从玛琳大妈面前疾驰而过。

"他的脸庞是这样的英俊、招人怜爱！我年轻的国王陛下。但是，他怎么会做出自己为自己加冕这种违背上帝旨意的事情？"她自言自语。

日复一日，月复一月，花园里的栗子树也已经变绿了。桃树和红醋栗树也都泛绿色。五月柱已经开始搭建了。皇家马队经过五月柱到卡尔伯格去。

国王旁边骑在马背上的是荷尔斯泰因公爵。他是来履行婚约，娶国王的姊姊海德薇格·索菲亚。他们骑过欢乐屋时，国王不经意地看了一眼敞开的窗户。

晚上，一个竖着斗篷领子的人鬼鬼祟祟地敲开小客栈的门。"你可以滚蛋了，穿着你的竖领子斗篷见鬼去吧，我这里不欢迎你！"玛琳大妈极其不信任地打算撵人。

"我是德国海军的人，我刚从军舰上下来。我想在你的花园里喝一杯草莓汁，快点给我。"

他随手扔给她几个大钱，就催促她去做果汁了。她很生气，打算向这个毫无教养的家伙饱以老拳，但是在数过了钱的数目以后，她还是做了果汁。她把做好的果汁放在花园的凳子上，然后回百叶窗后面躲着，继续监视这位新顾客的行动。

他喝了一口果汁，然后用脚在地上乱写乱画，借此观察四周的情况。过了一会儿，他觉得大概没有人注意他了，就站起来，把衣领翻下来，独自朝小径走去。他英俊可爱，是个年轻人。

"这个坏家伙，他打算去敲欢乐屋的门了！"玛琳大妈大叫。

门是关着的，所以他只能往旁边走几步，到敞开的窗户那边。他用一种高贵的姿势挟着帽子，随后坐在窗台上，轻快而热烈地说着话。

玛琳大妈这下子可要发火了！她跑出来，完全忘记了自己手里还有一团线。同时，她在想一会儿该用什么样的脏话教训一下这个无理的年轻人。但是还没等她走到地方，年轻人就已经从篱笆那里走过来了："我说，老母羊，你最好给我滚开！我就是荷尔斯泰因公爵。要是你敢透露出去一个字，吃不了兜着走！"

玛琳大妈实在是太惊讶了，于是又掉过头回去了。她狠狠敲了一下自己的膝盖。等她回到房间时，她再次狠狠敲了一下自己的膝盖——她无法确定自己是不是真的遇到了这么神奇的事。

在以后的每一个晚上，公爵都会过来。星光闪烁，微风吹拂着树叶。但是欢乐屋的门从来都没有打开过。无论这位到访者使用什么方法，他都没有办法敲开门，只好坐在窗台上。玛琳大妈在赚了足够的钱之后，招待水平也上去了：酒、蛋糕——蛋糕上还写着"没有比你更高贵的君主了"。

有一天晚上，公爵在欢乐屋前逗留得比以往更久一些，钢琴声不断地从里面传来。

在即将离开的时候，他这么说道："我敢肯定，每个人都十分热爱权力。你孤身一人，矜持寂寞，难道就这么想一点权力都不使用吗？难道你还在想着你的挥霍殆尽的父亲吗？再见了，再见了！你要是在今天晚上还错过一头狮子，那么明天你说不定就要为一只狼打开门了！"

公爵站在窗前，接着说："你是不是害羞了？你用信号回答就好了。你敲一下琴键就代表'是'，用小手指敲一个颤音就代表'不'，再也无法挽回的'不'。"

他慢慢地走向小径。夜色很亮，地上没有一丝阴影。他在醋栗丛里找了很久也没有找到一颗醋栗。钢琴发出一声轻柔的声响。他把帽子压低，穿上斗篷，脚步轻快地从花园里走出去。

从那天晚上开始，玛琳大妈每天都在等着给那个大人物开门，可是每天都愿望落空。穷极无聊的她只好数钱打发时间，然后不断后悔自己在能多捞一笔的时候没有把握好机会。

有一天晚上，一个理发师的遗孀被埋在教堂的院子里面。十二个为亡人点灯的人已经走了，只剩下两个看墓园的人。他们坐在墓碑旁边，说着死者家属的坏话。

"他们会遭报应的：给一个已经死了的老太婆穿白麻和乔其纱的丧服，也不拿出糕点好好招待一下我们，连酒也不管，真是吝啬啊！"

"你看，墙外边玛琳大妈那里还亮着灯呢，我们要不要过去看看？"

说话间，他们就走到了那幢黄木屋前，开始按门铃了。

"你们来得正是时候。你们有个赚钱的好机会，怎么样，干不干？"她看着他们，问道。

"来来来，每人一个金币，拿着，拿着！看看，这可是实实在在的金币哦！现在这里有一个王室的侍童，一会儿他就会出去的。天亮的时候会有一大群夜猫子骑着马过来。到那时候，你们俩假装摔倒，打那个年轻人一下，然后立马开溜，记清楚了？"她关上窗户，降低声音说道。

"这笔买卖看起来好像还不错。但是怎么打是个问题，不能打得太厉害。"守墓人拿着金币，嘀咕着。

他们走回墓园，等着。他们听到玛琳大妈在楼上正在和侍童说话。

时间被拉长了。星光照着停尸房，里面热得要死。消防队走过布朗克堡，天就要大亮了。

他们听到了侍童走路的有点内八字的脚步声。他一边扣着大衣的扣子，走下楼来，走向他们这边。

王后大道远处的小路上已经传来了马队的喧嚣声。打头的是喝得烂醉的克林科斯多姆，已经醉得不成样子，需要紧紧抓住马鬃才不至于从马上掉下来。骑在他后面的是荷尔斯泰因公爵、国王以及大约十个骑士。每个人都佩戴短刀，除了国王，其他人都是一身短打扮，只穿着贴身的衬衫。国王也有点儿醉了，发酒疯地把剑插在窗框上，然后撬下一块布告板，还砍了木门好几下。在这个国度，他就是最高的主宰，大家都必须服从他的敕令，而他不必服从于任何人。大家想指责他，但是没有人敢去这么做，于是他可以随心所欲。晚饭的时候，他摔碎侍童手里的盘子，把蛋糕扔在老大臣们的礼服上，弄得他们浑身一片白色。老大臣们毫无办法，所以，他们现在宁愿什么都不做，只尽情地沉默、吸鼻烟装傻就好。年轻的国王让整个瑞典青春焕发，也让整个欧洲十分惊讶。

在这个时候，那位不知名的可怜侍童正挨了守墓人的打，他被守墓人打了个够，躺在教堂院子里头的大门下边。"谁在那里？"国王大叫。随后国王逼近他们，扯着嗓子叫他们。俩守墓人一看情势不妙，拔腿跑进坟墓中去。国王刺中了他们其中一个人的左肩，那个人不停地流血。最后，为了反击，他们举起理发师妻子那个填了一半的坟墓的墓碑打算丢过去，但是国王却大笑着骑马回到小门处。

这时，那个侍童已经爬起来了。国王就询问："你是我们的人吗？啊，你醉成这个样子，连我们的口令都不记得了哦！没关系！我们的口令是'打掉所有的假发'，你要记好！你，过去坐在克林罕后面，抓紧他！我们继续向前走！"

穿着紧身衬衫的马队成员们又唱又叫地快速经过街区，到达山麓。国王一路上对被他吵醒的市民们又招手又做鬼脸。史坦布将军穿着礼服站在窗前向他们敬礼，但是他很快就为自己没有早溜掉而后悔了，因为他的假发被国王扯了下来，砍成两半。

"这就是我们的快意人生！把礼帽扔上天！我真懊悔没有把那些只会待在房间里窥视侍女的老色鬼们都带出来。打掉所有的假发，拉起我们的马镫在马头上撒尿。苏荷！你这家伙，死到哪里去了？你这个侍童是怎么当的？查理王万岁！瑞典万岁！问题国王万岁！"公爵大叫道。

衬衫、礼帽、假发、手套……街上散落了一地东西，马儿们一路飞驰。

回到城堡，这些疯狂的骑手还不罢休。一上楼，他们就开始把灯罩都敲碎，还对着大理石的维纳斯像开火。

"前进，我们必须保证这个周末他们的裤子里会塞满碎片。"国王和他的同伴们一起冲进来，奋力拍打着椅子。

公爵在地板上狠狠踩了几脚让大伙安静。克林科斯多姆正在祭坛上掷骰子，于是他就把手放在嘴上，表示自己正在保持安静。

"各位深受爱戴的听众们！再也没有比这更合适的场合了，下面，就在这个迷人的早晨，请我的这位十分迷人的小舅子，我们迷人的国王，发表一下关于他择偶标准的演说吧！让我们先来说说他的追求者：首先是代利亚，那位很不庄重，只会和她的母亲四处旅行的女人，不过，火灾过后，我们不能把她接到城堡里来——她仅仅比我的国王陛下早出生几个夏天而已；乌尔丹堡公主，她在追求您的父王时，就已经表现出了无比的热情，现在她胸部旧疾复发了，为了纪念她，参加这个典礼的人不准咳嗽；马克兰堡格拉伯公主，她随时都准备好了和她的母亲一起坐旅行马车赶回来；波斯公主，她也仅仅只比您大两岁；丹麦公主，这只可爱的金丝雀儿，比您大五个玫瑰花瓣似的年华。她们都希望别人来追求她们，于是把自己打扮得花枝招展，还刻意美化她们的画像。因为她们想别人追求她们都想得发疯了！"公爵这么对大家说。

"喂喂喂，我不是说过，男子不到四十岁是不应该提结婚这档子事儿吗？"国王有点儿不好意思了。

公爵看到国王十分尴尬，就对着侍童眨眨眼睛。

"嗯！瑞典国王对人民的奉献和牺牲精神是无法用男子气概代替的。我应该扯掉所有假发。如果我是你，我一定把老大臣们都吓得去见上帝，会把最美丽、最风骚的女人都宣召到我的典礼上来。我一定要她们穿着高跟鞋坐在我的腿上，和我鬼混到天亮。哦，上帝，国王病了，快点拿些能喝的东西来！清水或者酒都可以！嗯，最好应该是酒啊，快些拿酒来！"

国王脸色惨白，他把手放在额头上，对别人过火的举动和大放厥词毫不在意。但是，在内心深处，他一点也不喜欢他们——他们可以说自己和别人都喝醉了，却不能够对一位神拣选的国王这样说话。

"好了，大家！"他大声喊，想收剑回鞘，因为现在他看到剑鞘了。他把武器收回大衣里面，然后果断地走向门口。

公爵大人抓住那位无名侍童的手臂，冲他耳语一番，同时做着一些手势。侍童立刻跟上国王，给他开了门，服侍他上了楼。

"我不喝酒了！我无法忍受人们说我在当众演讲的时候结结巴

巴，还搂着侍童！这太有失体统！这样下去，我的民众怎么会继续尊敬我？高度酒并不比淡啤酒好喝，但无论喝什么样的酒，都是不良的嗜好。真正有涵养的贵族只喝清水。"国王暗暗下定决心。

他们走过一段楼梯和长廊，来到他的寝室。华林斯代德和一些贵族们在那里等候着。华林斯代德和往常一样噘着嘴巴。

"早上六点是我们讨论问题的时间。"华林斯代德说。

"如果是讨论罪犯的事情，那就最好不过了，但是如果不是，我就不会听你们的了，我会根据自己的意志决断。"国王回答说。

他在礼仪上没有模仿他的父亲，对自己尊严的在乎程度就像一位出身高贵的女士对宫廷礼仪的关注。他微笑着点头，于是他们只能面向他倒退着出去。

"这就是让一个孩子成为国王的恶果。"他们纷纷抱怨华林斯代德。

侍童在大臣们离开之后，把门轻轻锁上。这个细节使国王觉得十分贴心。他靠在大床边站着。那里有他父亲装珠宝的箱子，他把箱子叫作"大象"。

"你叫什么名字？你为什么不告诉我？"他问侍童。

侍童开始不好意思，呼吸都变得急促起来，笨拙地拽着自己的衣角。

"嗯，你回答我。你总归该知道自己的名字吧？你总是背对着我，我连你的脸都看不到。"

侍童把假发从头上扯下来，丢在一旁："陛下，我叫罗德·艾尔维尔。"

国王发现，这原来是个极其漂亮的女孩儿。她甚至还精心打

35

扮过自己：眉毛用黑色眉笔画过，金色的头发用卷发器烫成卷发，嘴唇也画上了好看的唇线。

她跳到他的身前，以手环住他的脖子，同时着急地吻着他的脸。

只有十六岁的国王第一次不能自持。欲望之火已经在烈烈燃烧，他的脸颊反而更加苍白了，他的手也无力地耷拉着。他瞥见"侍童"的花边胸衣从衣服里面露了出来。她继续紧紧抱住他，又在他的唇上深深一吻。

他不再做出反应，也没有反抗。他举起手，捏住攀在他头上的那双手，拿开。随后，他跳开了。

"对不起，实在对不起，我的小姐。"他两只脚摩擦着地板，略显口吃地说。每说一句就移动得更远一些。

她早就把台词背诵得滚瓜烂熟了，可是现在完全忘记了。她只好随性发挥，完全不知道自己在说什么。

"您真慈悲，我的陛下！愿上帝责罚我的厚颜无耻！"她屈膝跪地。

"我目睹过您骑马的英姿，我是在窗口看到的。在来到您的身边之前，我无数次想象我曾经见过您，我的英雄，我的亚历山大大帝！"

他走向她，抓住她的手，把她拉起来，然后以骑士的风度引导她就座。

"快别这样，我的小姐，请坐！请坐！"

她依旧抓紧他的手，随后，她仰起脸来看着他明亮的眼睛。之后，她笑得像银铃一样响亮：

"哦，您是个人，您再怎么说也是个人。陛下，您不是古板的神父,而是我遇到的第一个懂得内敛美德的瑞典人。您喝酒玩骰子,您看到漂亮女孩子只是注视并不说话。您是个不善于言谈的人!陛下,让我们讨论一下美德的含义吧!"

她身上有女人的味道和香水的味道,这些味道都使他感到无比痛苦,甚至有些恶心。两个人的单独接触、握手的温暖,则使他有种触摸死尸的反胃感受。他深刻觉得,作为一名国王,一名神拣选确立的国君,他被侮辱和亵渎了。一个陌生女子,竟然可以碰他的衣服、脸和手。这个女人大概是把他当作奴隶和祭品了吧。他已经下了决心:那些直接碰触他的人都是他的敌人,他要和他们决斗,惩罚他们。

"在我还是个孩子的时候,我的告解神父就爱上了我。他挣扎着,胡乱祷告着。我和他闹着玩儿,我戏弄他。陛下,你和他真的是完全不同!你完全不挣扎,你不管这些。你有一种与生俱来的美德,以至于我在想,我是否该称它们是美德。"

他一直在试图挣脱她的手。自从上个星期,从公爵到侍童都在和他嘀咕追求女人或者被女性追求的事情——这些难道都是他们事先安排好的吗?就不能让他清静一会儿吗?

"我知道你为什么爱看泰辛的版画了:你是想看那些年轻貌美的女孩子的画像,这是你从祖母那里遗传来的对艺术的尊重。可是您能不能别总是一本正经?我不是陈列品,是活的呀,陛下!"

"是的,小姐,你是活生生的侍童,是那个需要按照我的吩咐去教堂转告我的侍卫们,让他们到东接待室等候我的'侍童'。"

她马上就知道:自己输了,彻底输了,毫无希望。阴影爬上她的嘴角,并且越发深重。

"侍童的天职就是服从啊。"她回答。

当国王再一次自己独处的时候,他开始恢复了一点点平静。他时刻感到不被尊重。不曾预料的冒险使他从酒精当中清醒了,他不希望像孱弱的人那样在恶作剧之后就疲惫地入睡,而是要将恶作剧继续下去。

他脱了上衣,只穿着贴身的衬衣,带着佩剑,走到侍卫们集合的地方去。

房间内到处都是已经干透了的血渍。地板被血浸透,变成黑色。墙边的雕塑也被挖去了眼睛,挂着一团团假发,也落满了血渍。

随着一阵哀鸣,一头牛被带到房子中央。

国王咬着嘴唇,把嘴唇都咬白了。他吹了声口哨,一剑把一头公牛杀死。血渗透了他的指甲。最后,他把牛头从窗户扔出去,砸到一名路人的身上。

门外,公爵对罗德·艾尔维尔耳语着:

"瞧着吧,没有人能扰乱我小舅子的心了!也没有人能够让他那张僵硬的脸放松一下!那个又老又蠢的哈尼还说,用一瓶'爱情药水'就会解决问题。但是我看完全不管用。他继承了他父亲的冷漠,不过,也多亏了这种冷漠,不然他就很有可能变成瑞典的'波吉亚[①]'的!如果他不尽快变成半人半神,就一定会成为魔鬼!这种鸟儿,一旦发现没有足够的空间振翅,就会连自己的巢穴一起破坏掉。喂,闭嘴吧,有人来啦!我们九点约好了在玛琳大妈那里见面,不要忘了带衣服和点心。"

[①]意大利文艺复兴时期的贵族家庭,以浪荡、好享受、私生活不检点和在政治上独裁、谋杀异己而闻名。

忠心耿耿的哈更带着两只羊,跟随着下了楼。他直起身子,抬头叹了口气。

"看哪!我们年轻有为的国王被这群人变成了什么样子!瑞典从未发生过这样的事情!我的上帝,求您怜悯我们吧!不要再像以前一样向瑞典降下灾祸了,在这位君王的统治下,和平的瑞典将是可遇而不可求的!"

第四章　回家

　　两个小女孩拿着筛子站在牧场上,他们的哥哥艾西尔·费德力克半睡不睡地坐在旁边一块长满青苔的巨石上。他今年刚刚20岁。他的未婚妻游丽嘉到这里来小住几天,现在也在拿着镰刀帮忙砍松枝。两个小女孩都在捡拾树枝。雪花从白杨树和赤杨树之间缓缓落下,美不胜收。

　　"哈,这么美好的天气,连外祖父都跑出来了。"游丽嘉指着下面的大房子说。

　　两个小姑娘开心地唱起歌儿来,把筛子放在两个人中间,蹦蹦跳跳向大房子跑去,一边摇晃着筛子:

　　"春天鸟儿歌声悠扬,
　　来吧,来吧,牧羊女,
　　今晚我们要到山谷玩耍跳舞。"

篱笆的那边是邻居爱拉斯家的地界。一个男仆正在从森林里拖出最后一块木料。他的鞋子湿透了,身边的两头牛身上挂着辟邪的树枝。爱拉斯也一道唱起来:

"春天鸟儿歌声婉转,
来吧,来吧,我的羊儿,
今晚花儿们就会尽情开放。"

他唱完一个小节,走过来穿过篱笆,对艾西尔·费德力克说:"炸药在发射后会变得非常难闻,煤灰由烟囱里落下来,证明云会继续融化。"

大房子的门被草丛和积雪掩盖住了,但是到了夏天,羊群就会过来吃房子旁边的青草。爷爷的凳子就放在那里,他穿着带白色扣子的大礼服。游丽嘉带着两个小女孩向他问好。小女孩的奶灰色裙子是用自家橄榄汁染的,每次她们行屈膝礼的时候,门口的台阶上就会留下一圈淡淡的紫色印记。

"小姑娘,快点长大,变成艾西尔·费德力克的好帮手。"祖父用手拍着游丽嘉的脸颊,高兴地说。

"我要是有这样的能力就好了!爷爷,这房子这么大,我打理不过来。"

"唉!是啊。可是我们的艾西尔早就失去了父母,除了姑妈和我,他就再也没有别的亲人了呢!我们一直在尽力照顾他——接下来,我的好姑娘,就看你的了。最大的问题是他的身体并不好。唉,我可怜的孩子。哦,感谢上帝赐予我们美丽的春天和宁静祥和的生活。"

祖父夸赞了游丽嘉砍下来的松枝潮湿好用，做扫把一定很好。

在他身后的厨房里，两个姑妈正忙着给生病的小母牛准备饲料。她们都穿着朴素的黑色衣服，银白色的头发梳在脑后。

"艾西尔呢？他怎么不和你一起来？"她们问游丽嘉，"晚饭的时候，要吃蜂蜜布丁还有大葱猪排。"

"知道了！知道了！告诉工地上的人，可以停工了！"祖父大声说。

游丽嘉急忙跑进女仆的房间。这里是女仆们分拣亚麻的工作场所。她沉默不言时，她那张尚未成熟的脸上就显示出焦虑和倾听的神情。

"游丽嘉，你过来，这是怎么回事？游丽嘉！"祖父在叫她。

她把刚拿来的钥匙又挂回去，然后跑出去了。

"你看，那个骑马的人是不是往这边过来了？我已经接连三个月没有收到信了，不过只要收到一封信，我都得吓一跳！你看！他是不是把手伸进袋子里面去了？"祖父紧张起来。

骑马的人在台阶前站立了一会儿，递给老爷子一封密封得很好的信。

姑妈们就在祖父的两旁，她们帮他找出眼镜。但是他的手一直在颤抖，竟然到了不能撕开信封的程度。他们都想看信。游丽嘉靠着祖父的手臂，指着字母，大声地把信的内容拼读了出来。

最后，她不由地握紧了双手，眼泪从眼睛中流了出来。

"艾西尔·费德力克，我心爱的艾西尔·费德力克！"她大声哭喊着，跑过铺沙的庭院，跑到牧场上，"我的天啊！"

"你到底怎么了,这样大喊大叫?"艾西尔答应着,把嘴巴里嚼着的枯草根吐出来。他长着一张红扑扑的娃娃脸,拥有好听的无忧无虑的声音。

她冲上去,抓住了他的手。

"艾西尔·费德力克!我亲爱的,你知不知道,军团要重组了!因为丹麦入侵荷尔斯泰因了!"

他跟着她往回走。一路上,她一直在抓紧他的手。

"我的孩子啊,我竟然得送你上战场,战争已经爆发了!"老祖父的声音里充满了绝望。

艾西尔·费德力克站在那里,犹豫了一下。

"我不去。"他回答。

祖父和姑妈都在他身边不停地走来走去。

"可是你已被征召了,我的孩子。现在唯一可行的办法,就是雇佣别人代替你。"

"这样最好了。"艾西尔·费德力克对此似乎漠不关心。

他进屋了。游丽嘉走上楼梯,用围裙捂住眼睛,躺在床上一言不发。

这天晚上,在吃过了甜点以后,他们按照老习惯坐在桌子前。祖父依旧在编织渔网,但是手抖得太厉害了。

"斯德哥尔摩的那些人一定疯了!化装舞会、喜剧、魔术……这些对于我们的新国王来说都是日常娱乐。我听别人说过,他把皇冠上的珠宝都花掉了。现在我们的国王又有新点子了!"

艾西尔·费德力克还是那一副毫不在乎的样子,把蜡烛挪了一下位置,然后懒洋洋地用手托着下巴。姑妈们和游丽嘉红着眼睛清理桌子；祖父点了点头，咳嗽了几声，然后说道：

"这几年的和平，只培养出了强权和贪婪！国王身边都是佞臣。这些瑞典牛太不像话了。不过，我的孩子，你还是应该到战场上去看看，就像我当年应征时候看到的那样。那时候的军装还都是实实在在的，不打什么折扣。马鞍上有专门安装铜鼓的长布条，上面绣着王冠。士兵们穿的是紧身衣和漂亮的大衣，冲锋号一直响彻阵地。"

祖父拿起渔网线，想要继续编织渔网，但是很快又把渔网线丢开了，站了起来。

"我的孩子，我认为你应该出去看一看。在皎洁的月光照耀之下，我们的马车停在冰面上。士兵们笔直肃立着，在进攻之前高唱军歌。士兵们制服颜色不同：那金格人穿着镶白边的红色制服，克隆堡人穿黄色的和灰色的，卡玛人穿灰蓝色的，黛尔克尔林军团以及西部高特兰人穿黄色和黑色的……光这些军装，就足够壮观了。现在士兵的制服应该简单多了，虽然也用颜色区分不同的兵团，但是过于简单了。"

大家一时间都没有说什么话。过了一会儿，艾西尔·费德力克自言自语道："唔，如果我的制服和军用物品足够的话，没准儿我在军营里会更快活呢！"

祖父摇摇头否定："艾西尔·费德力克，你的身体并不好，而且行军横穿整个瑞典到达丹麦，是一件很困难的事。"

"对啊！我又不是要徒步走过去——虽然这也很可能。这样好了：我和爱拉斯一起坐咱们家的褐色长马车过去。"

"马车当然可以给你用，这没问题，但是支帐篷的桩、梁、钉子……这些现在你都没有啊！"

"爱拉斯可以一路上随时给我补充，这很简单——至于制服么，我想这更不是问题。"

"我们看看，我们现在都有些什么！——游丽嘉，我的好孩子，帮我念一下，国王陛下的敕令是怎么说的？"祖父踉跄着站起来，走向衣柜。

游丽嘉剪了一下油灯的灯芯，好使屋里亮一点，然后她坐在桌上，把手放在脸上，单调沉闷地大声念着："大衣，蓝色，红边，前面有十二颗铜扣，上面四颗，口袋下面各有三颗，一边分别有一颗，每个袖子上要再有三颗小的。"

"唔，这一条刚好符合要求。裤子的规格呢？"

"裤子，要求是鹿皮制成的，三颗扣子，用软皮包好。"

"裤子不行，已经磨损得太厉害了，很快就会出两个洞。但是爱拉斯在路上总能帮你找到一条可以穿的裤子。帽子和手套呢？"

"手套必须是长手套，黄色，软的牛皮材质，要双层，手指部分要用鹿皮或羊皮。鞋子，一整块上等瑞典光皮制成，有软垫和夹垫，鞋扣是铜的。"

"鞋子和光皮马靴不用准备了，我们还有，并且还很新。马刺你也可以用我的。你会是个很英俊的瑞典军人，我的好孩子。"

"领巾：由一块二英尺[①]半长、九英寸[②]宽的黑色瑞典羊呢制成，每端中间夹有半尺长的皮子；另预备两块白色的。"

"这个爱拉斯可以帮你到欧布罗买到。"

---

① 1英尺=0.3048米。
② 1英寸=2.54厘米。

"手枪：两把，枪鞘上绑黑皮和黑的宽布。"

"这个你一定要用我的。另外，我的宽剑也很好：剑鞘是牛皮的，剑把是鹿皮的。这就是瑞典军人应有的样子。我们爱拉斯也要打扮一下。随后我会吩咐下人把背带和其他一切准备好。"

艾西尔·费德力克伸了个懒腰。

"我想我该上楼休息了。"

大家都开始忙碌，整栋楼变得喧闹起来：铸造的叮当声，炉火烧得十分旺盛，蜡烛整夜亮着——只有艾西尔·费德力克的房间例外。

在艾西尔·费德力克离开前的最后一晚，除了艾西尔·费德力克外，大家都没有休息。天大亮的时候，姑妈们把他叫醒并给他喝强硝水，因为他夜里一直在咳嗽。他下楼时，包括所有的仆人们，大家都在大厅集合了。一切如初，他和仆人们一起吃了早饭。大家都没有说话，默默吃着，然后默默看着他。早餐完毕后，祖父手里多了一本《圣经》，然后，游丽嘉声音哽咽地念着，为她心爱的人送行。在她念完以后，祖父拍了拍手，说道："遵循旧例，虽然你只是我女儿的儿子，但是在这出征的前一刻，我也会为你祝福。我已经这么老了，谁知道我会在什么时候离开人世呢？上帝，我至高无上的主啊，我祈求您引领他，把我的子孙带领到荣耀之地，把我们可爱的瑞典也提升到更加伟大和荣耀的位置上吧。"

艾西尔·费德力克一直在玩盘子。他就那么站在桌角，直到外面马车声隆隆传来。

所有的人都走到房子外面。艾西尔·费德力克穿着祖父的狼皮军大衣，和爱拉斯坐在一起，显得十分兴奋。早春天气，屋檐和树叶上都有露水在不停地滴下来。

"这是奶油桶,这是面包袋。听着,爱拉斯!座位下的箱子里是凝固的牛奶做的蛋糕和烈酒。如果战局凶险,一定要记得:回家的路永远是很短的!"姑妈们絮絮叨叨地叮嘱。

祖父用手拍了拍马车后备厢,以检查是否收拾好了。

"箱子都收拾好了吗?我们再来检查一遍:刷子、抹布和鞋刷——这是折袋和水壶。这就是我们要准备的东西。铅模、子弹剪、炸药勺子。这些都已经在箱子里了。"

游丽嘉默默站在后面,没有人注意到她。

"我亲爱的艾西尔·费德力克,夏天来时,我会在夜晚到麦田里,捆一堆欢乐和一堆忧愁的麦子,看看哪一堆在第二天长得较快——"她轻声说。

"好的,现在全部准备就绪了。"祖父打断她——根本没有听见她在说话,"上帝赐福给你们!"

工人和农民站在路的两边。

当爱拉斯要打马起行的时候,艾西尔·费德力克把手放在了缰绳上。

"这趟旅行说不定会很凶险。"他说。

"是啊,也许会回不来的!"爱拉斯说,"可是我们现在折回去就更不好了,松开缰绳吧。"

艾西尔·费德力克把手缩回大衣长长的袖子里面,两人在亲人们的沉默中离开了。

几个星期过去了,都已经入春了,那克军团才慢悠悠地行到瑞典的无人区。艾西尔坐在大衣上睡着了，爱拉斯睡在他的旁边。艾西尔在发烧，手上戴着祖父为他准备的羊毛手套。早在行军至兰斯克那的时候，他们的马车就已经落在整个军团的后面。马儿正在烤人的阳光下嚼着嫩草，年轻的主人和忠心的仆人相互依靠着进入了梦乡。马儿甩着尾巴，驱赶着牛虻。流水打着漩涡。经过此地的流浪汉们对着睡着的士兵骂骂咧咧的……但是这一切他们都不知道，依旧沉睡着。

一位戴着金黄色假发、衣衫破烂的骑士策马飞奔而来，在他们马车旁边下了马。

爱拉斯悄悄地拉拉他年轻的家主，并拉动马缰绳，但他的主人似乎更喜欢继续睡觉，闭着眼睛嘟囔道："喂，你推我干吗？你继续驾车不就得了？我要在赶上部队前好好睡一觉，免得以后睡不成啦！"

爱拉斯就像没听见一样，继续从旁边悄悄拉艾西尔。

"醒醒，醒醒啊。"他低声叫唤着。

艾西尔·费德力克迷迷糊糊地睁开眼睛。他一下子涨红了脸，站起来，向来人行礼。

因为他认出来，这就是他在画片和相册上看到的十八岁的新国王本人啊！但是，国王在这期间到底经过了什么样的转变啊，难道这位几个月前还在吹牛皮和打碎玻璃的国王在这么短的时间内就成长了这么多？他中等身材，脸庞很小，但是眉毛高贵而挺拔，深邃的蓝眼睛散发出迷人的光芒。

"这位先生，请你把大衣脱掉好吗？我要检查一下你的制服！"国王又故意说，"看啊，大地现在都绿意盎然了！"

艾西尔·费德力克边喘着粗气边脱下他祖父的长大衣。国王看看大衣的扣子，还伸手摸了摸，并数了数大衣扣子的数目。

"很好，我的军士，现在我们都是全新的人。"国王陛下的态度十分诚恳。不过鉴于他的年龄原因，这话稍微显得有些早熟。

艾西尔·费德力克不知所措，头晕目眩，直愣愣地看着马车的轮子。

稍后，国王放缓了语速继续说道："在未来的几天，我们极有可能和敌人正面遭遇。有经验的老兵说：'在战场上，最要人命的是口渴。如果你们看到我在战争中开始口渴了，请到我身边来，把水壶递给我。'"

说完这些话，国王策马离去。艾西尔·费德力克坐了下来。从出生到现在，他的情感几乎没有经历过任何波动，不过现在，他为国王的话兴奋不已。

军团扎营在兰斯克那城。黄昏时分，他们的马车也进入了这座城市。艾西尔·费德力克到处了望，希望能找到比较中意的酒馆——餐桌上铺着餐布的那种。可现实令他失望，周围只有一群默不作声的人。握手过后，大家一起朝着夏天云层密布的天空下波涛起伏的大海，和军旗飘摇、桅杆林立的瑞典海军舰队行注目礼。

第二天，爱拉斯将马和马车赶到了谷仓里头。所有船只都被皇家舰队的人征用了。只有在皇家舰队离开之后，他才能搭乘渔船跟上去，跟到芝兰去。在送别舰队离开的时候，他站在海边，海水近乎浸到了他的脚上。他就站在那儿，静静地盯着还往下滴着污水的船锚。缆绳将船锚吊上去，嘎吱嘎吱的。舰船的玻璃窗子，在太阳的照射下反射着光。舰船的桅杆都相隔不远，层出不穷的大浪头不时向舰船扑来，动荡的舰船如跳舞一般。而那些硕大的漩涡里，舰船的倒影明灭闪现。舰船像是戴上了象征着荣誉的桂冠，或者是海神的三叉戟，方向直指不具姓名的尚未开发的土地。这一切只是为了冒险和荣誉。繁复的云层，在海浪上停留很长时间后，慢慢降低到了海中，消失不见。天气就像北欧神话中提到的——蔚蓝如洗。

在这样的环境里，国王仿佛已经忘却了自己，稚龄的冲动开始觉醒。于是，在船尾的顶窗这儿，他开始拍起了手掌。四周有应和的拍手声，那是包围着他的武士们发出来的——从他的父亲时代就出征过的灰白头发的武士。就算是德高望重的拍柏首相，也灵巧地在椅子上蹦跳着，一如孩童。这样一个朝气蓬勃的队伍，衰老和贪婪都不复存在。

乐声和鼓声像是被什么神秘的号令召唤一般，突然间同时响起。传声的喇叭里传来安卡史坦那将军的号令，十九艘战舰和百艘左右的小船上都响起了歌声。

在那些舰船当中和舰船上的军士里面，爱拉斯还是发现了艾西尔·费德力克。他现在正坐在原本属于外祖父的大衣上，随后站了起来，拔出战刀，高擎起来。水面上的舰船慢慢消失了，爱拉斯不禁用手揉了揉眼睛，摇着头。

爱拉斯转身回到了谷仓里头，自言自语道："他若是能在我追上之前，晓得照顾好自己那虚弱的身体就好了。"

几天之后，爱拉斯牵拉着一辆马车又走在史马兰路上了。有一些在几天之前曾经看到过他的农妇们，这会儿正开着半边门，好奇地询问一些消息，比如瑞典的军舰是否已在芝兰那登陆、国王是否行跪礼以感谢上帝赐予的胜利，以及他在祷告的时候有没有觉得尴尬，因为他当时表现得有些结结巴巴，等等。

他没有回答，只是不停地点头。

他就这样跟随着马车不急不慢地走着，一天天，一步步，一直朝着北边。一块看不出年龄的破旧的帆布覆在马车顶上。

终于，在一天傍晚，他来到了一所大房子的篱笆墙外。马的嘶叫声，以及灰褐色的车辘轳发出的声音，立刻被房子里的人听到。所有人都跑到了窗户边，带着不加掩饰的惊讶神色。外祖父顺着台阶跑了出来，而游丽嘉则站在院子的中央。

爱拉斯还是不急不慢地拉着缰绳向前，一直走到台阶那儿，马自动停下。

之后，爱拉斯仔细地拿下马车顶上的帆布，露出下面一具已然钉好的狭长棺木。放在棺盖上的榉树叶做的花圈，已经有点发黄了。

"我把他带回来了，"爱拉斯说，"他的胸口中枪了，当时他正跑到前边去给国王陛下送水壶。"

第五章　老仆葛娜

　　那个叫葛娜的女仆已经年满八十，这会儿正在里加要塞的一个地下室里坐着织布。皱纹爬满了她的胳膊，但依然能看出她颇为发达的肌肉和因下垂而过分平坦的胸部。一块织布包裹着头部，看起来像是戴上了一顶圆圆的帽子。几撮稀少而呈银白色的头发不听话地垂在眼睛前方。

　　年轻的吹号手正躺在石头地板上，前边有烧着的火炉，一旁是悠悠转着的纺织机。

　　"能不能给我唱首歌啊，边织布边唱，祖母！"他说，"除了唠叨和责骂，我好像都不曾听过您其他的声音了。"

　　突然，祖母转头看向他，眼神倦怠，颇不愉悦。

　　"唱歌？那么你告诉我，是歌唱你那个被拽上马车掠到莫斯科去的娘，还是歌唱你那个在屋梁上被吊死的爹？我日日诅咒我的出生，诅咒自己的同时还诅咒每一个我见到的人。你倒是说说，比起别人在背后骂，哪个人的行为更加卑劣？"

"祖母,只要您高兴,我就高兴。唱歌会使您快乐,而我希望看到您快乐,唱吧!"

"这样的玩笑,不过是自欺欺人,从无例外。我们生来所有的,不过是羞辱和悲痛。就好比这次我们城市被萨克森人包围就是对我们所犯罪行的惩罚。你怎么现在还这么懒散,躺在这里也不去城里当值?"

"我马上就走。我的祖母,您就不愿同我讲几句好话吗?"

"我没揍你就算好的了。我一定会揍你,假如我不是现在这样的年迈:力气衰竭,背也驼了,腰也不直了。他们不是都叫我女巫吗?你也要求我给你算过命。我不是说过,你眉毛上头那道弯会预兆着早夭吗?我看到的未来都是充满了卑鄙和邪恶的。你的悲惨将大过于我,我的悲惨则更胜我的母亲。将要出世的都比将要离去的悲惨。"

终于,他从地板上站了起来。

"祖母,您知道我为什么要在今天晚上一直坐在这儿,我又为什么一直想让您对我说一些温馨点的话吗?我告诉您,今天老州长将军已经下令了,所有的女人,不论健康与否,不论年老与年幼,都必须在明天晚上之前离开这座要塞,以免你们的存在消耗了原本属于男人的粮食。如果拒绝,便会被处死。而您,我的祖母,这十几年来,您从没走过比到储藏室更远的地方。这样的奔波劳碌,在这个严寒的冬天,在森林,您如何经受得住?"

然而她只是笑笑,纺织机踩得越来越快。

"呵,这样的结局我早就知道了。在忠心地照看主子们的财产之后,这样的结局会到来的。可你呢,简?也许你只会因为没有人再给你煮饭、铺床而烦恼。为人子女的,还会儿有什么其他感觉呢?谢天谢地,到最后,谁也逃不过上帝的怒火和惩罚!"

简有着一头卷曲的棕发,这会正用手摸着。

"祖母,我的祖母!"

"走,我叫你走!让我一个人安静地织麻,一直到我愿意自己离开,结束我在这个尘世的时间为止。"

他向着纺织机走了几步,然后停住了,之后扭头走出了地下室。

一直到炉火熄灭,纺织机才停止了转动。吹号手简第二天一早再次来到地下室时,发现已经空无一人。

这座城市还在被围攻,形势严峻。城里所有的女人,都在这个下雪的二月里吃完最后的圣餐,然后一起动身离开。马车和担架上放置着病号和年迈体弱的人。于是,里加完全变成了男人的世界。溜到城墙周围来乞讨的女人,她们最终会一无所获,因为男人们连自己每日必需的面包都无法保证。马匹也饿得要命,在马厩里同类相残,马槽也被咬烂,木做的墙壁被咬出了一个个的洞口。市郊在燃烧着,不断地冒着烟。士兵们在夜里时常被丧钟吵醒,然后拿起他们放在身边的宽剑。

每天晚上,吹号手简回到同他祖母一起住的地下室时,都会看到打开折叠椅铺成的床铺,和旁边椅子上放着的一碗散发着臭味的肉。他既惭愧又害怕,不敢同他人讲。他觉得他的祖母已经在这个冬天的风雪中去世,并为自己生前对他的残忍虐待感到不安,因此每天回来帮他做家务,不得安息。他惊骇莫名,颤抖得如同生病了。很多时候,他宁愿睡在城墙边的雪地上,也不想回到地下室的家。于是他每天祷告,试图为自己鼓起勇气,慢慢地开始接受这一切。甚至到后来，折叠椅也没有被动过的痕迹时，他就感到惊奇和不安。每当这个时候，他就会坐到纺织机前边，转动它，轻轻地，温习着这打出生以来就熟悉的声音。

事情最后还是发生了。一天早晨，那个年满七十四岁的值得欢呼的州长将军驳立克·黛尔格，在听到一阵激烈的枪声后，从那些素描和用蜡制成的要塞的模型中站起来。墙上有一张罗马废墟的版画，那是为怀念他那追求光明和美的年轻游历的时代，但往昔温柔和顺的面容上，此时已经被满布的忧虑皱纹所替代，嘴唇几乎透着白，看上去有着艰辛和固执的沉淀。他戴着一顶大假发，用颤抖的手不停地抚摸着胡须。他在走下楼梯后，用手中的拐杖重重地敲打地面的石头，说道："啊，我们这些瑞典的子民，和我们的国王一样嗜血，即使到了老年，还一味地犯错和争吵。最后，我们由于惧怕黑暗，坐在了一间房子里——最初我们的灵魂里埋着邪恶的种子，经过长年累月的时间浇灌，如今已经成长为满是苦涩果实的大树了。"

年岁越久，他也变得越发苛刻。最后他停在了城墙边，一言未发。

军旗招展，乐声豪迈，队伍冲上城头。待到枪声渐渐平息，受过伤的面带愁苦的人们便一队队地从城门退了回来。正是这些士兵在抵抗着敌人的不断攻击。一个胸前被军刀砍伤的瘦弱老人最后走了进来，抬着一个受伤的男孩，但是看上去并不丧气。驳立克·黛尔格把手举到眉毛上，看着他们。躺着的那个孩子，不正是城堡的吹号手简吗？那头卷曲的棕发让他认了出来。

一个过度劳累的老人此刻正坐在城堡拱门下的石柱基座上，

仍旧带着伤,把孩子放到了自己膝上。有士兵过来给她检查伤口,把染血的衣衫掀了上去。

"天!"士兵不禁大叫着后退,"这是个女的!"

他们都禁不住弯下腰去,好奇地看向她的脸。她的脸此刻正朝着城墙。头一低,毛帽正好滑下来,露出了银灰色的发束。

"是那个老女巫,女仆葛娜。"

她睁开了一双疲倦的眼睛,喘着气。

"我不愿意把我的孩子孤孤单单地留在这个世界,这个邪恶的世界上。我就换上了男人的衣服,走上城头去服侍那些战斗的人。我想,我吃男人的粮食这并没有错。"

她还是触犯了法令。此刻,军官和士兵都看向了驳立克·黛尔格。驳立克·黛尔格依旧是满脸阴霾的粗暴样子,一直站在那里,颤抖的手拿着拐杖不停地敲击着石子地面。

慢腾腾地,他转向队伍,薄薄的嘴唇轻轻动了一下。

他说:"把军旗降下。"

第六章　法国绅士

波兰的一处泥沼中,一辆外表经过伪饰的军用马车陷在里头。赶车的马已经被解开了缰绳,马车上站着一个踌躇满志的刚刚入伍的年轻人。他曾经在一个颇有地位的高贵人家中担任家庭教师,这期间他还跟随主人到过法国,知道很多稀奇古怪的事情,因此他被同伴们唤作法国绅士。上尉欧拉夫·欧克夫德正和几位副官以及士兵一起站在泥沼外,他们的脸都处在风雪的笼罩中。

欧拉夫发话了:"这辆马车,还有里边的箱子,都必须被舍弃!"

于是那位法国绅士打开了他的箱子,倒出了一些他能拿动的东西。

"多么好的一件带花的浴衣啊,有着这样好的刺绣和这样精美的金穗!"欧拉夫大声说道。"看,还有一双可爱的小拖鞋、玩具牛、女帽!"副官也跟着说道。

"那个,是我母亲……"

"把这东西扔到泥沼里头!"

"可那是我母亲的礼物啊！"

"哎，看这儿，有顶小假发呢！"

"这还有中等大小的假发！"

"这，还有大的！"

欧克夫德无法控制自己的情绪，用脚踹了他一下。

"这都什么鬼东西！通通扔到烂泥巴里去！"

法国绅士的优雅棕色脸蛋突然变得通红，下意识地把手放到了剑柄上。

"这对我而言是很重要的，上尉大人……"

"你觉得它们重要到可以连累军队的行进速度吗？你是这么想的，嗯？"

"并非如此，我的意思是，如此荣耀的军队无须如此寒酸，这样的花式浴衣从奥尔国王时代就流行了。"

"你这小教员，蠢货一个！说的都是什么无聊的废话！"

"上尉，你像对待奴隶和仆人一般对待我们；可我不同，我接受过高等教育，曾到达法国，我甚至见过波旁王朝的皇帝。"

"是吗？那波旁王朝的皇帝陛下同你说了些什么？"

"对，说了什么？"

"就是！"

"陛下说的是'快滚！'因为我当时正站在陛下的大门前，挡住了他的路。"

"啊，上帝！你还是赶紧下来，动作迅速点！不然我就让他们俩用抬轿的方法把你这个乞丐扔下来！"

于是这位法国绅士不得不用花式浴衣把假发和拖鞋都卷起来，放到背上，又把那枚有柄眼镜戴上。

当他正背着行囊走到了泥沼边缘的时候，欧克夫德出现在他眼前。欧克夫德是一个又高又瘦的人儿，脸颊红得美丽，嘴上有一撇小胡子。

"我说先生，你听好了，这是战场！不是升官发财的地方！"

"我人虽然穷，志气却高。现在我还没拥有贵族的身份，但也许哪天那张身份证明就出现在我的口袋里呢！"

"你个蠢货，尽管去地狱显摆你的高贵吧！我们军队中可没人在意这两个字，每个人都必须勤恳努力地干活！"

作为队伍的领袖，欧克夫德觉得这对他算得上是一番羞辱了，但顾及战友之情，他的语气又软化下来，带着温和的又有点儿发牢骚意味的口吻说道："如果你能好好做，可能会当上军官呢！以前有很多像你这样的来自瑞典的娇生惯养的子弟，在我们的教化下，都已经脱胎换骨，成了响当当的男子汉。我们如今只剩下二十五个人，又怎么会让你单独留下。你看到树林旁边的那座大房子没？阶梯是白色的。到那个房子去，刺探敌情，不要让敌人在我们背后使坏，明白吗？"

等欧克夫德和他的队伍一起大步离去的时候，这位法国绅士也开始背着他的背包靠近了那所大房子。

周围看不到人影，他有点疑惑不决地躲在了围墙后边。全身都被打湿，他冷得发颤。尽管如此，但他最在意的是鞋子上沾染的泥尘。他想，为什么不从窗户那边往里观察一下？也许里边的大床上罩着美丽的丝质床罩，甚至还有用来保暖的脚筒——他渴望已久。

这座房子的入口很是阴气沉沉，长廊横贯了房子中间。他小心翼翼地溜到墙里边，拿起镜片上已然满布雾气的有柄眼镜，认真清理过后，倾身向前，有点做贼心虚地朝着里头望了望。

传来了一阵脚步声以及咔嚓的声音，他接着看到了一双发亮的眼睛，顿时心跳变得急促，边后退边拔出了剑。这时，里面奔出来一匹高大的黑马，在院子中央来回跑动着，不时用后腿踢着雪，将雪扬到了空中。

这位法国绅士思考良久："这个黑家伙我是不能抓的，想想看，假如有哪个不长眼睛的士兵坐上去了，不管是谁，肯定都会被它的主人从后面揪住然后拉下来，就算它的主人陷入泥沼中也会爬起来这样做的！在军营的火堆旁边，我听多了这样的故事。"

但最终，他还是用剑赶着黑马走进了屋子，并试图推开另一边的门，以使房间更加明亮一些，但马上他就明白，那门被死死地堵住了，已经没办法打开。

马儿跑到了后边，不停地喘着气儿，马蹄踩在地上的声音很沉重。法国绅士想了想，又把它赶了出去。之后，他对着窗户大声喊叫，终于一位女仆从窗户外探出了头，她的头发已经花白。

"请问，这里居住的是斯坦尼斯瓦夫①国王或者萨克森醉鬼②的朋友吗？"

"不，这里的主人不是谁的朋友，也不是谁的敌人，他只是个

---

①1702年，查理十二世攻克波兰首都华沙。1704年，贵族会议在查理十二世的威胁下宣布废黜国王奥古斯特，选举亲瑞典的斯坦尼斯瓦夫·列辛斯基为波兰国王。
②指萨克森选帝侯。大北方战争期间，萨克森和波兰共同加入反瑞典联盟，被查理十二世击败。

老隐士而已。"

"如此,如果我这样一个冻得要死的瑞典士兵在这儿借宿一宿的话,我想他是不会拒绝的吧?"

女仆听完就不见了。过了没多久,她又回来,在外面放了梯子,于是绅士顺着爬了上去。

阔大的房间里,墙壁光秃秃的空无一物,旁边堆着无数难看但还算干净的椅子,简单地排在一起。他的剑鞘不小心碰到其中一张,女仆便立即紧张地再次把椅子放回原位。两个女孩子一言不发地走了过去,脸色是苍白的,都穿着蓝色的服装。两个人但凡有一个落后了一两步的距离,便会立即赶上去走到另一个的身边。她们摸索着前进,互相抓住对方,手中拿着两盏点亮的灯,尽管现在还是大白天。

他鞋子上的泥,甚至连同所有他脚踩过的地方留下的印子都被女仆很快地擦干净了。然后,她默默地、小心翼翼地打开门——那里通往另一个房间。

她轻声嘱咐:"脚步放轻些!"

一个中年男子正站在房中,身穿浴衣,鼻子又高又尖,有着轻视人的模样,头顶戴着优雅的假发,如雪般白的手上戴着闪光的宝石戒指。

这位法国绅士把背包放了下来,拿出了那个有柄眼镜,仔细看了他一会儿,对他外在的精致感到很满意。于是法国绅士极其夸张地鞠了个躬,头都快碰到地上了。

"先生,我有一个礼貌而谨慎的请求,"法国绅士说道,"我想知道眼前这位高贵的人士的头衔,不知我是否有这个荣幸?"

"这位先生,请坐下。其实我只是一名隐士,没什么名声,但您既然这样问,我想我应该详细地同你解释下我的地位了。"

二人僵硬地坐下来,双手放到膝盖上。

"以前我曾经是个非常好客的人,华沙市的人们还把我的锦绣上衣作为讨论的话题。但是,在我三十岁过生日的那天,我同朋友们一起畅饮,之后举着酒杯说了这样的几句话:'我的朋友们!岁月流逝,而你们眼里的同情与心中的豁达与日剧减。有的人崇敬白脸的斯坦尼斯瓦夫①,有人对那个肚子圆滚滚的奥古斯特唯命是从。就这样吧,按照你们的意愿去做,找到适合你们的职位,并获得酬劳。我不能够承受的是,在我年老的时候会发现我的兄弟们,有人有着该隐②的野心和叛变行径。因为我一向看重友情胜过男女之间的爱情,我认为友情是灵魂的契合,它是不可替代的。现在,趁我们还未曾老去,就这样说再见吧。你们不会知道我将去哪里,但你们如今的模样将长留我心,一生为伴。当房间外的仆人听到我高声自言自语,就会说起:'听,那老头又在和年轻时的朋友聊天。'"

"那么,这番告别之辞说完之后怎样?"

"之后我就回家了,并把门堵得死死的,仆人们进出,就要自己想法子。"

"来访的客人一定感到非常适意,因为您是这样的优雅又感性。"

---

①1702年,查理十二世攻克波兰首都华沙。1704年,贵族会议在查理十二世的威胁下宣布废黜国王奥古斯特,选举亲瑞典的斯坦尼斯瓦夫·列辛斯基为波兰国王。
②亚当与妻子夏娃所生的两个儿子之一,后来该隐因为嫉妒弟弟亚伯,而把亚伯杀害,受到上帝惩罚。

"你想多了！这一点都不舒服。我那对双胞胎女儿，成天拿着灯在房间里来来去去，都是疯子！她们的母亲是个被诱拐的修女。根本不会有客人来这儿，不会。"

"那么，您的意思是，到这儿来我是冒昧了？"

"我是不会这样说的，但这确实有点怪异。"

隐士站了起来，两只手满足似的相互搓着，鼻子抬高了些，示意他看向角落。

"作为这儿的主人，我有义务告诉你事实。这里曾有个叫作约拿但的仆人死去了，但是他还常常会在这里出没。他穿着镶着黑色穗子的棕色仆人服装，就站在那边的有窗子的房间里。这个仆人有很高的服务热情，就算他在死后，也会值班，以及服侍那些客人。当然客人们是不会想到这一点的。还好，这里的客人非常少。你有伯爵的爵位吗？请告诉我。"

"不，我还不是。"

"那么，你是男爵？"

"也不是！"

"那你属于贵族吗？"

"莫非您是想让我难堪吗？"

法国绅士的脸红了，他觉得非常耻辱。他想："我现在最大的梦想就是得到一张贵族证明，神明若是允许，现在就把它放在我的外衣口袋中该多好！这样就再也不会有人说我是'小地方的教员'，他们会谄媚道：'我们早就看出他的高贵，即使在他拿出证明之前。'"

"这不过是个简单的提问，居然也能伤害到您吗？"隐士继续问道，看起来像是喜欢上了这样的对答。

"当然会伤害到。我有着古老的家族,我仍然是高贵的。"

"这当然不错,但这是另外一回事。而我们的仆人约拿但只肯为贵族服务,尽管他死后下葬使用的是基督教的仪式,但是他还是喜欢和那种暴发式的新贵族和平民开玩笑。"

法国绅士觉得有点不自在了,下意识地用小拇指的指甲拨着嘴边的一撇小胡子,同时把胸前的有柄眼镜摇过来摇过去。

他发问了:"对于西拉克斯①酒,您在行吗?"

"不在行。"

"我倒是比较喜欢。而蘑菇炖肉是我最喜爱的一道菜式,当然,小碎羊肉和百里香炒菜我也不会嫌弃。这些菜都要用最好的佐料。我可真不想回老家去,那里只有单调的大麦粥,还有在漫长的黑夜中的生活。"

"漫长的黑夜?莫非你是说夏天的晚上?"

"夏天的晚上倒是很明亮的②。"

"冬天的晚上,因为下雪也会很亮吧。不要向南方走,假如你怕黑的话。那么,在你们国家,是否有杰出的学者以及艺术家呢?"

"没,现在不会有,以后也不会。"

"哈,看来你对你的同胞很了解。"

"先生,我的经历是很丰富的。我不仅曾经到法国旅行过,而且还在那里居住了两个多月,连国王路易十四都和我共度过一个夜晚呢。"

"哦,你居然和国王一起?"

---
①西西里岛上的古代城市。
②瑞典处在极北地区,夏天的夜晚有时整夜都能见到阳光。

"是啊,不错,当时在一个戏剧院里,虽然我只买到一张可怜的站票,于是就站在院子里。但我看到了最为高贵的君王——自打奥古斯都大帝以来第二个最为高贵的君王。看他鞠躬的样子,你就能体会到了。"

"你们瑞典的国王也不错的。"

"当然,瑞典国王让我们扬眉吐气。但,他还没那么高贵。你知道的,他有点贫穷的酸腐气。"

"尤其是他最近在华沙的情形更加凄凉。斯坦尼斯瓦夫和他那胆小怕事的太太一起去教堂参加他的加冕仪式,他不仅接受了那顶缀满了珠宝的皇冠、王杖和金球,以及貂皮法衣、腰带和鞋子,还把织锦的国旗挂满教堂的墙壁,把发给平民的为加冕庆贺的钱币都放进了桌上的盘子里,军人们负责守卫,定时响起礼炮。最后,斯坦尼斯瓦夫还感谢了首相拍柏,并亲吻了他的手——他说,你是否很缺钱?"

"我吗?"

这位法国绅士不禁想到了他缝在大衣里的两枚金币,那是他所有的财产了。但他急忙拍着放在桌上的眼镜说道:"不会,我的花销总是很大——我经常去看戏,平常总会有十个路易在我的钱包里。"

"这样的话,你能借给我五个路易吗?"

绅士无奈地看向天花板。

"真是不凑巧,今天没带。钱包被我落在了另外一件放在营帐的大衣里头了。但你放心,这区区几路易我还是能尽快给你的。我这样当然有些让自己觉得别扭,毕竟瑞典人不都是坐拥金山的富翁；但是地位吗，是另外一回事，无论如何我都算得上是一名乡绅。"

"可不是，你们在这次的波兰大选中的表现可真别扭。那位哈维德·赫恩就会坐在那里，把瑞典政府的反对人士全部记录在案，而护国将军则失望得把权杖都给弄断了——这些都不说了，你就把这儿当自己的家吧，千万别客气。抽烟的烟嘴就放在香水瓶旁边，香水瓶在粉盒上，粉盒放在香烟桶上边，香烟桶在马桶上边。你会用到这些的，慢慢地，你就会知道了。"

这几句话说完，隐士就拿出了一本皮封面的书，然后开始坐下阅读。

"那我就不麻烦您了。"绅士一边回答，一边用刚刚产生的怀疑的眼神从有柄眼镜里斜着打量他，心想："如果我此时拿着国家开具的贵族证明坐在这地方，那么他肯定会这样说：'这便是我们的朋友，新受封的武士玛加斯·加布里尔了。'"

那两个女孩时不时地从房间走过，灯上的火总是被她们调皮地弄到绅士的身上。绅士不停地站起来行礼，隐士则继续在一边看书。当隐士读到慢慢地把这位客人忘掉的时候，绅士终于背起了他的背包，跑向外面的一间房里。

他对女仆说道："你看，天快黑了，我也累了，就不继续陪着他们了。"

"大厅的左边有我们给您安排好的床铺，那里也有我们唯一的壁炉。"

大厅是长方形的，全部漆成了白色，一些排列得过于整齐的椅子和廉价的可以折叠的桌子放在里面。荷兰式样的放着亚麻垫子的床铺就在门边。这个老年女仆把墙上的蜡烛点燃,一共四支,然后留下他一个人在房间。

他身体有点儿发抖,看了看周围,把佩剑放在桌子上。接着他把背包打开来,又吹灭了三支蜡烛,把他的大、中、小三副假发也放在桌子上。他取下第四支蜡烛,去点燃了床下和窗子旁边的蜡烛。做完了这些,他又把那支蜡烛放回原位。

他一个人自言自语道:"这是一群毫无诚意的狼,我还不如待在雪地里呢。可我既然已经进来,就得保持警惕,要不时到窗户边去观望一下,监视好一切动静。"

绅士试图把门从里头锁上,但没看到门锁。靴子已经湿透了,他费了很大的力气也没能脱下来,于是他只好忍受着靴子的臭味,换上睡衣躺了下来。

耳边不时响起那匹野马在长廊里踢踢踏踏的踩踏声和喷鼻声。不过一会儿之后,安静突如其来。窗户和房间的角落里都暗了下来,他以为蜡烛已经熄灭了,于是拿起了有柄眼镜。他的眼前又变得清晰,一切正常。

但紧接着,他发现一个身穿棕色仆人服装的人影出现在他的床头那面半开半合的帘子后。

绅士有点晕头转向,一股麻痹似的恐惧堵住了他的咽喉。他安慰似的想道:"这不过是神明对我妄求地位证书的惩罚罢了。"

他竭力安定下来,轻到几乎没有声音地抓住了床的边缘,然后把右脚伸进了帘布。

他说道:"帮我把靴子脱了,约拿但。"

帘外的仆人没有动,只是狰狞地笑着,嘴巴是黑色的,几乎

67

咧到耳朵边。气氛阴森森的。

这位法国绅士并没有收回他的腿,虽然他的牙齿不停地打战。

"难道你就这样服侍一个高贵的人吗?约拿但。"

仆人用手做了一个表示拒绝的手势,非常轻蔑,笑得也更加阴森狠厉了。

法国绅士想,这个仆人想必已经猜到了自己的真实身份,把自己当成新封的暴发户似的贵族或平民百姓了吧。他的腿仍然倔强地向前伸着,但越来越害怕,最后不禁低声喘息着哀求。

"约拿但,脱掉我脚上的靴子吧。"

可声音已经接近耳语了。

仆人依旧站在门边,用手摸了摸屁股,笑得狰狞。

突然,外边走廊上的马在入口处发出了刺耳的嘶叫,更多的马应和着,嘶叫声从远处的风雪声中传来。

他立即从床上爬了起来。

他大叫道:"敌人来了!我居然忘了自己的任务!"

他跳了起来,要到桌子旁抓起剑。那个仆人就跟在他身边,瞪着眼睛。

于是那种恐惧的麻痹再次笼罩了他,顿时动弹不得。与此同时,诡异的仆人一手拿到了剑,一手把假发用两个手指提起,接着把它盖在了蜡烛上,像是把它当作了熄灭烛火的器具。

"上帝,我的神啊!"绅士自言自语道,"我知道我太纵容自己,去教堂礼拜的次数少得可怜,又被各种各样的虚荣吸引堕落,但这一次,请保佑我一定完成任务,不然我会因为失职而无比惭愧。之后,您怎样惩处我都行!"

马嘶声越来越近了，野马在前面飞快奔驰，马的喘息声渐渐地远离了……

法国绅士行动了。他双手抱头，弯曲腰身，向着暗处的仆人冲过去。

他大吼一声，"你这个恶魔！"

他拿到了剑，向暗处刺去。椅子被碰倒了，歪在地上。但约拿但像幽灵一样，无论怎么也抓不到。最后，他摸到了一堵墙。这时，门突然打开了。是那两个拿着灯的姐妹，脸色苍白，双眼无神，只穿着贴身的衣服，但是并不觉得羞愧。两个人还是互相捉住对方的手，瞪着这个把她们从睡梦中惊醒的客人。可怜的绅士此时也顾不上鞠躬行礼了，急急忙忙地撬开了窗户，然后跳了出去。他身上穿着睡衣，手中提着一把剑，沿着房子一路向前跑着。狰狞的笑声不断从身后传来，他已经无法分辨到底是隐士还是约拿但，又或许，他们就是一个人。

"你真是个蠢货！"后面有个声音在大叫着，"我说你个蠢猪，真是无与伦比！我本来想和和平平地招待你，但是如果被那些骑士看到你，我的房子里就会发生一场大战。那样，我的房子、家，我唯一的避难所，在天亮前就会被夷为平地了！"

他还是头也不回地跑着，向着树林的方向。脑袋里充斥着这样的声音："这是个机会！封爵证书！我会拿到封爵证书的！"

透过大风雪，在月光的照射下，他看到了一群波兰敌人向前驰骋，头盔上的羽毛像一股股波浪。有时双方距离太近，他就躲在成堆的树枝或者大树的后头，趴着不动。

终于，积雪覆盖下的栅栏出现在他眼前，一个士兵发现了他，低声询问:"你是谁?"

"谢天谢地!我的好战友!"绅士轻声答道,从三角缝里爬了进去,"敌人来了!"

欧克夫德轻声说道:"我也一直觉得听到了马蹄声呢。现在最好的办法,就是下山去,夺取那所房子作为据点。"

"我不会带路的,上尉!我是个骑士,既然他们把我当作一个客人招待过,我宁愿死去也不会带路的,恳请您!"

"招待你?用什么方式?"

"对待贵族的方式。"

"是吗?也许以后我们会明白的,但现在有点晚了。瞄准,开火!"

波兰敌人成群飞奔而来,往栅栏后面投掷标枪。但是第一排子弹将他们打落马下。

"哈哈哈哈!"徒步的人影和骑马的身影一齐跑出了树林,在目力难及的地方又再次汇合在一处。灯光半明半暗,人影就像灌木丛一样在风中摇摆。

欧克夫德说道:"我看我们要和敌人之间有一番苦战了。包围我们的大约有三队人马,而我们总共只有二十五个人。"

这时,法国绅士拿起一个倒地士兵的老式步枪说道:"现在,只有二十四个了!"

又过了一会儿,"只有十九个!"欧克夫德说。

三角缝边是枪林弹雨,不断有士兵被打中。只要骑兵后退,瑞典士兵就停止放枪。静寂持续一段时间,波兰敌人相信栅栏后还会有活口,再度进攻的时候又会受到枪子、剑刃甚至是石头和树枝的攻击。充满愤怒的激战一直维持了好几个小时。

欧克夫德藏身在栅栏后面前进，清点着数目，提高嗓门说："十二个、十个、八个……我们的人越来越少，这真是个不祥的数字。"

他的膝盖上放着已经死掉的士兵火药袋里的火药，手中也拿着一把老步枪。

他保持蹲着的姿势，把身上还穿着睡衣的法国绅士拉近，说道："嘿，伙计！在泥沼那里的时候，就是中午时分，我对你太过分了。"

法国绅士一边填装火药开火，一边回答道："现在我们还剩下七个人，但是再撑一会儿，就够三个小时了！"

"你不是第一个，证明了瑞典人没有理由嘲笑所谓的浮夸子弟，朋友！你懂的，有些时候，那些带着大顶假发的人确实有带着大顶假发人的能耐。"

"剩下我们两个了。"

"不是两个了，我也中枪了。"欧克夫德应声道，整个人滑落到木头上，"不是两个了，几乎……"

站在一堆死人当中，这位法国绅士感到了由衷的孤单。他把睡衣撕成一些布条，扎住了流血不停的左胳膊。背心也脱掉了，靴子里塞着他的有柄眼镜。做完这些后，他趴倒在这些人中间，同时尽量往树木和木材的中间方向爬。

接下来的一次，波兰敌人再次挑衅时，只有安静。

于是他们叫着跳着，在这片木堆中开始抢夺死人的财产。那些人看到半身赤裸且倒在血泊中的法国绅士，并不在意，天亮的时候他们终于离去。

法国绅士躺在地上想："那么现在，我是不是可以升职，不久就能拿到证书？"

然后，他从一堆木头中爬出，一直走到了被雪盖住的房子前边，正巧，看到了后来被丢出来的假发。

他不禁轻声骂道："无情无义的！我保全了他们的房子，却换来这样的'感激'！"

绅士把他的假发夹在胳膊下，穿过了树林，走了整整一天，才遇到前来盘查的瑞典士兵。

树林里布置着帐篷和用树枝临时搭建的窝棚，周围并没有什么防御工事。马车上，临时的营房中，都是分坐成几排的女人们，有的正哄着膝上的婴儿，有的正同她们的军人轻声说着什么。营火旁，围绕着的伤痕累累的手臂，手中还不忘拿着泥塑的烟斗，不时冒着烟雾。有人正在讲自己的惊险历程，那是骑兵楷模布浴金汉姆和勇气超群的上校毕斯陀。上校欧本被克里索夫人打中了，子弹从左眼的下方一直穿过头部到右边耳朵下，是的，这会儿他正让邻座摸着他的伤口。舞蹈老师波·安乐斐特抱怨敌人把子弹射得过低，以至于浪费了他的这条如此优雅的长腿。当基则兴致勃勃地戴着一条袜带（那还是他在西里西亚公爵夫人手下当差时有幸得来的）时，亚文德·哈恩已经被忠心耿耿的仆人里德扎上了绷带，现在正唾沫横飞地吹嘘如果立即开始冲锋的话，哥萨克人的枪和飞镖也没办法击中他了。他面前站着一个外科医生，灰白的头发，老实本分的样子，眼镜摘下又戴上。据说这个医生在给富有的人看病前都要喝上几口白兰地酒。战争好像使得一切人事都脱离了正常的轨道，让艰难困苦变得微不足道起来，又让一些人失去了生命，纵然他们青春年少，也可能随时中枪倒下。醉酒的歌唱也唱不完，铜锣鼓和双簧管在国王的命令下整夜不停地演奏。但无论怎么说营地还是很安静的，这点吵闹声轻微得如同六月里饱含着露水的树叶飘入林边清澈见底的溪水中一般。

纵然国王反对，他的近侍还是在帐篷里铺上了干草，又在上边铺上了一层苔藓，乍一看像是炭笔画中的砖窑一般。国王的帐篷并非在中央地带，而是在营地外围暗淡的一个阴影里。帐篷的支柱旁边是石头做的取暖炉子，还有烧红的大炮。洗脸盆是纯银的，放在桌上，除此之外就是二十来本书籍，其中两本分别是《亚历山大大帝》和包着金边的《圣经》。还有一个小小的银质盘子，上边画了一条名叫庞贝的小狗。浅蓝色的丝织锦缎平铺在椅子上，旁边是一个陈旧到有多处孔洞的行军床。土克和史那福两只小狗正蹲在帐篷中间，国王则躺倒在地面上的枞木树枝上。王室仆人寒特门携带的啤酒已经喝光了，晚餐除了一杯融化掉的雪水和几块松饼外再无其他。吃完这些，他便把先前的帽子换成了刺绣睡帽。打了无数胜仗的气势冲天的瑞典国王，现在已然熟睡。寒特门把窄小的脸靠近最后一个仍然散发着热气的大炮。这样的日子，已经不复当初他在房子里喃喃念祈祷文以及扫除卡尔泊公园落叶的轻松了。他从前心目中的神祇已经被《旧约》中威力无限的神替代了，现在他只信奉复仇的万军之王。他可以预先知道神祇的命令，无须事先祷告，就好比在这样的夜晚，于狂风中呼啸怒吼的一定是雷神托尔和暗黑神。这些神祇们吹响号角，向他们在世界上的最年轻的后裔致敬。

狗开始不停地低鸣，渐而狂怒地吠着。那头乌腾堡种的马克司——又叫作小王子的，异常兴奋地跑到帐门前。

他大喊大叫着："国王陛下，国王陛下！去巡逻的二十五个萨兰德人和敌人发生了遭遇战。"

那位法国绅士正站在他后面，依靠在勇猛的上尉——史基密特堡的身上。这个上尉在安顿好他的背包之后，又拄着自己的拐杖走掉了。他曾经带领十二名军士对抗过三百个波兰敌人。

法国绅士感到从未有过的心满意足以及骄傲，虽然还有些不安的焦虑，以至于走路都略带蹒跚，可他依旧昂着头。当他听说是站在国王的帐篷前时，紧张起来。站在那儿，他颤抖着，把头上的血迹抹掉，又把帽子和中小假发都丢弃在一旁，戴上了大顶假发。整理好这些后，才闪出身体，口齿不清、略带颤抖地讲起他的经历。

国王仍旧坐在枞木树枝上，慢慢重复他的讲述，每个细节都问得很仔细，任何有关冒险的线索都不愿意漏掉。他脸上泛着快乐的神情，像是听到了传奇故事的小孩。之后，国王向这位法国绅士伸出了手。

国王说道："欧克夫德说得不错，你们几位打了一场非常漂亮的战役。所以我会为我现在还能安然无恙地在这个营地里感到幸运。说起那位波兰隐士，既然他如此希望从你那儿借五个路易，我就送他十个。不过，先生，你要把这些钱从他家的窗户里扔进去。"

法国绅士后退着出了帐篷，上尉史基密特堡把他领到一个负责询问和接待的地方，那里有旗手、上校和上尉，年纪同他一样，可地位比他高得太多。

那些人叫嚷着："如今可没有人会嘲笑你的有柄眼镜和假发了，法国绅士。那么，你的军官委任状和证明书到手了吗？"

史基密特堡插话了："大家都安静！这位可怜的绅士还应该得到一项酬劳。但我也知道，国王陛下不会再给予什么奖励，因为他觉得每个人都应该感受到战争的荣耀，这些就够了。"史基密特堡上尉的话，没人敢顶撞。这时，上尉垂下手，架着他的拐杖向着炉火移动了几步，这是他新发明的一种冲锋陷阵的方式。

他几乎像在讲耳语一般地说道："难道你们没有看到——国王陛下是以一种平等的身份来对待他的？"

"当然，这将成为我的证书，永久性的。"法国绅士说道。

他站得笔直，一动不动。头顶的大块假发开始往下掉，衣衫褴褛，他还在絮絮叨叨地说着那些经历，牙齿都在打颤。

"死后，你将获得男爵的尊荣。"史基密特堡上尉这样说。

第七章　强盗的女皇

纳尔瓦市的教堂里，警钟已然停止。牺牲了的瑞典英雄们正躺倒在破败颓坏的城墙周边。他们被掠夺精光的赤裸身体留在那儿，就在那些俄罗斯人高喊着冲过城市之后。旅店老板的肚子里被哥萨克人塞进了一只活生生的猫，围观的人们疯狂地笑着，但身材高大的沙皇[①]——彼得·阿列克西耶维奇大帝发现以后，立即冲进人群制止了这种残忍的做法。他的整只左手，都浸满了他的子民之血。残忍的游戏终于被人们厌倦之后，大队大队的人马开始在教堂前的广场集合。忽然有人指控教堂里边住的都是不信教[②]的人，在这个理由的引导下，士兵们开始成群地疯狂抢劫着坟墓群。用十字镐撬开教堂的石板，用铲子铲开教堂外头的坟墓。铜和锡

[①]彼得一世·阿列克西耶维奇·罗曼诺夫（1672—1725年），俄罗斯帝国罗曼诺夫王朝的沙皇（1682—1725年）。在位期间力行改革，促进俄罗斯现代化，定都圣彼得堡，人称彼得大帝。
[②]当时瑞典信仰新教，俄罗斯信仰东正教，所以有宗教冲突，甚至称对方为"不信教的人"或者"异教徒"。

做的棺木被抢劫的人们砸得稀巴烂，银制的把手和盘子用掷骰子的办法来瓜分。在这条街道上，原住民们曾经把前来烧杀抢掠的人群赶出过一次，如今却血流遍地。剩下的满是黑灰色的生了锈的棺木，还在不停地生长的头发露到棺材外面。有些棺木里边的尸体保存尚好，不过是长出了褐色斑点以及有些脱水。但大部分的棺木里露出来的却是已经枯黄的骨头，寿衣腐烂而破败，骷髅仿佛在狰狞地笑着。清晨的曙光照耀下，市民们还能看清棺木上的名字，就会发现那是自己的亲戚——甚至是母亲或者妹妹。不乏有随便破坏尸体的人，把尸体弄出来又丢进去。也有人趁着夜色，把尸体抬到城外去入土为安。黄昏的时候，可以看到老男人或者是老女人，同他的小孩子或者是女仆，抬着棺材走到城外。

某天晚上，一群俄罗斯强盗在教堂庭院的一个角落休息。床的架子、垫子、椅子，甚至是棺材板，以及任何他们看得到、拔得起的东西，都被他们兴致高昂地一股脑用来烧火。火焰飞溅起来，几乎要同屋顶一般高。棺木堆在四周，一口靠着一口。最上面的一口棺材被打破了，能看到一个戴着大顶假发的官员直挺挺地躺在里面，似乎在思考："你们到底想引荐什么人给我认识呢？"

"啊哈，再飞远点儿！"一个掠夺者正冲着他喊道，手上还烤着苹果和洋葱，"看来你是要来点什么湿润你的喉咙了，哈，那就来吧，接住！"

牧师的卧室被火光照亮了，破裂的窗户口飞进了一些火花。屋里所有的财产，就只有破桌子和破椅子各一张。牧师正坐在这椅子上，头埋在双手中。

他喃喃自语："谁知道呢，也许能做成的啊！"像思考了很久的问题终于找到了答案一般,他站了起来。

牧师的头发下垂到肩膀的位置,泛着银白的胡子则散布在前胸。年轻的时候,他是这个教堂里的牧师,这个职业给他的好处是,好像每件事都略懂一二,对每一杯为他准备好的酒都来者不拒。直到后来,他鳏居在这所教堂里,独自一人,用满溢了欢快和愉悦的酒杯来侍奉信仰的神。但是人们还是说,假如他身边恰巧有一位身材窈窕的漂亮女人的话,他甚至不会碰一下《圣经》。如今的他,对不幸的承受更加有经验,他的心志依旧如初,并没有因此而发昏,一如他年迈的身体,不曾为岁月折腰。

牧师走到教堂的入口处,小心翼翼地把楼梯下方储存室外头的板子上的锈铁钉拔了出来,把板子推到一边。

他对里头说道:"我的孩子,可以出来了!"

听不到回答。于是他高声再次喊道:"丽娜,出来吧!那个女仆已经被人绑起来带走了。我几乎是赶在最后一秒,才把你藏在这里的,到现在已经整整一天,你总不能什么都不吃不喝吧?啊?"

还是没人应声,他有点不高兴地摇了摇头,声音变得粗鲁了,命令道:"你想怎么样呢?哪里还有食物呢?房子里现在连一勺盐都没有了。知道吗,你一定要离开这里!如果那时候情形变得糟糕,遇到了抢劫的兵匪,那我就建议你:你干脆顺从算了,随他而去。这样的爱情,在这乱世里也并不少见。而那时候呢,我就会把那个士兵的大衣藏到我的法衣下面,然后挥手祝福你们幸福美满。小姑娘,你听到了吗?你去世的父亲——那个大酒量的人,他本来是我的马童,我掉进冰洞的那次,就是他挽救了我的生命,因此我决定要好好照顾你们俩。而且我们都是瑞典人。难道我不是像你的父亲一样对你吗？您这位皇后陛下还有什么不满意的？莫非你昏了头？"

有什么东西在漆黑的小地穴里边发出动静。沙沙的摩擦声音传来，是马童安德的女儿丽娜出现了。她打着赤脚，一只手伸在墙上，只穿了件衬衣和袖子被撕破的外套走了出来。棕色的辫子垂在外套上。

她整个身体都屈了下来，两个膝盖中间夹住了衬衣。窗户上落下了火光，可以看到她低垂着的光洁的脸颊，开朗的五官，像是从冬天明媚的第一缕阳光中走下床一样令人愉快。

有着满头银发的牧师的脸变红了，但是现在他只知道作为她的主人、她的父辈，心中一派自然，毫无杂念。

"我原来并不知道，在我家中还有人懂得这样的屈膝礼节。"牧师在她裸露出来的肩膀上亲切地拍了拍，说道。

她抬起头，向上看。

她开口了："不是这样的，我很冷，感觉快冻伤了。"

"是这样？好的。我喜欢你现在讲话的方式。可惜的是，我并没有多余的外套了。你看我身上的这块破布，也是我仅有的。这间房随时可能被焚毁。我能够不会被抓获地偷偷溜出城去，应该不会有人难为我这个衣衫褴褛的老人的，而且我的衣服口袋里还有一里加金币。但是，丽娜，你就不同了。这些家伙有多残忍，我是知道的。其实我知道用什么办法可以把你运出城去，但是我不敢开口说出来。你也会害怕，对吧？"

"不，我不怕的。该来的都赶紧来，我的处境还能更糟糕吗？现在我可是快冷死了。"

"好吧，别怕，走到门口来。那个箱子，看到了吗？是那群无赖们放到门口的。看起来不重，应该能装下你，你如果有胆子躺在里头，或许我可以将你偷偷运出去。"

"我敢的，当然。"

她的牙齿还在不停地颤抖，哒哒作响。可她还是把身子伸直，整理了下衬衣，向着门口的石头路走去。

牧师把箱子的潮湿的盖子打开了。盖子比较松弛，里边只有一条棕色的毛毯和一些木屑，除此再无他物。

她声音颤抖着："我想要的就是这个。"然后，她把毛毯拉了出来，包裹住自己，接着走进箱子，躺在那堆木屑上。

牧师于是弯腰，将双手放到她的肩膀上，看向她无所畏惧的眼睛。她也许是十八九岁的年纪，头发非常柔顺地往后梳成了辫子。

就这样站着，他忽然发现自己从没有用纯粹的父辈的眼光来看待过这个女孩，虽然他一直期待是用那样的感情，但他也心知那都是伪装出来的。可现在，他居然能用这种纯粹的感情来对待她，他的几缕长长的白发散落到了她的脸颊上。

"你要好好照顾自己。这是我的期望，孩子，我已经老了。我的生命将延续到哪一刻或者停止在哪一刻，这其实是没必要担心的。我这一生中，也有过不少不幸以及恶劣的行为，可如今我祈求神明的原谅。希望这次他能庇佑我做下这件好事，以洗刷我的罪行。"

最后，牧师向她点了点头，接着起身。

这时候，外面的吵闹声越来越大了。他盖上盖子，尽可能地把上边的螺丝拧紧。然后他跪了下来，用绳子绑住箱子，还算强健的手臂提起了这个重担，一使劲背了起来。脊背向前弯着，步履蹒跚，他坚定地向大门走去。

一个抢劫者看到了他，在火堆边大喊起来："大家看那里！"可他的同伴——一个士兵制止了他："算了吧，那只是个可怜的老头，箱子又破又烂的。"

老人的脸上汗珠流淌，扶持着肩膀上的箱子的手臂已经酸了，有股火辣的痛感。街道黑下来，他一步步往前走去。隔一会儿，他就把箱子放在地上，歇息一会儿。经常有蛮横的士兵在街上游来荡去，借机盘查或赶走他，甚至还挨过他们的枪刺，这些时候老人就会又惊又怕地把手放到箱子的盖上。好几次，为了躲避载着重物的马车，他不得不赶紧停到路边。数不清的男女被装在车中，将被运到千里之遥的俄罗斯的荒地上进行垦殖，而沙皇，这个强势的征服者，是不会考虑那块土地上到底能栽种出多少可供收割的作物的。

终于，年老的牧师还是走到了城墙门口。这时，有个守卫的士兵向他走来。情急之下，他使出了最大的意志力量，猛地一手把箱子提起，扛到肩膀上；与此同时，他的另一只手从口袋里面掏出金币，塞到士兵的手里。

于是士兵让他继续向前了。

他又一次抬起脚步，但已经实在走不动了。穿过城门之后，他现在可以看到开阔的平原，以及远处发着亮光的长长河流，可在他眼前开始变得黑暗。即使这时候，他还记得守护箱子，小心翼翼地将箱子轻放在一旁的石板路上。接着，他向前扑倒在地，死掉了。

守卫城门的其他士兵开始抱怨和咒骂起来，跑到箱子前。城门口怎么能放这样的东西！

本来坐在炮塔里忙于赌博的官长也跑了下来。其中的一个，手里提着一盏灯笼。他戴着一副三角形的眼镜，看起来瘦削并且风霜满面，像个被雇佣的人员，而不像军人。他拿着剑鞘，把箱子的盖子挑开了一些。

一开始，他吓了一跳，急忙把头缩回来，灯笼都差点摔到了地上。下一次的时候，他忍住害怕弯腰往里边看去，停了一会儿后，又继续用目光搜寻着。之后，他似乎有点不敢置信，用手摸了摸自己的脸，低着头，迟疑不定地站着。第三次，他又弯下腰，将灯笼从缝隙中伸进箱子里头，照见了安德的女儿——丽娜。她躺在那儿，面色平静，在灯光下睁大了眼睛看向他，对周围发生的事一无所知。

她说了一句："我饿了。"

他把灯笼放在一边，双手交叉在身后，快步跑进城门，脸上的表情突然从冷漠变得活泼生动。趁人不注意的当口，他把几个苹果塞进了箱子，又一边发布命令。

"你们过来，找八个人抬着这口箱子，送到欧吉维将军那儿，向他致敬，并说这是他卑微的仆人——伊万·亚历山大献给他的微小礼物。就城门上的那八个人吧。把你们的皮围裙卷起来，卷成一支号角。你们行进的时候，表现得要像一支队伍！喂！前面那两个提着灯笼。好了，开始前进！"

那群野蛮的士兵有点不知所措，你看看我，我看看你，最后还是不得不服从于他。他们用手中的步枪把箱子抬起，笑着前进。

从门口的一个角落里找到两只长长的棍子，在上面浇油，捆上草把，用蜡烛点燃。这支队伍就向着营区地区开发，音乐手对着皮围裙做的号角唱着：

"啊！既然已经选择背上枪，
就不管哪里有住处，哪里有眠床，
吃的是贵族们的口中食，
女人数之不尽，和身上的跳蚤一样，
但什么时候你才能拿到你的报偿？"

终于到达了营地，手举火把的士兵两边分开。欧吉维将军从桌边站起来，走到了营帐外。

"敬爱的将军，伊万·亚历山大上校让我们给您献上这份不成敬意的小礼物。"抬着箱子的士兵说道。

将军的脸色有点发白，灰色的胡须乱成一团，咬紧下唇。他因为环境而有点紧张兮兮的，可基本算是个和蔼可亲的人了。

将军假意发怒，骂道："他难道是疯了不成？"可实际呢，他像一个男孩那样，有点紧张不安。"放下，打开盖子！"

于是士兵们用手中的短刀撬开了盖子，那个黑色的盖子便滚到一边去了。

欧吉维瞪大眼睛看了一会儿，接着大笑起来，最后竟笑着坐到了地上的板凳上。士兵们跟着笑，整个营帐里的人也全都大笑，笑到站不住，只有互相靠着，步子歪歪扭扭的，活像醉鬼。躺在箱子里的丽娜眼睛睁大，一颗吃掉了半边的苹果拿在手中。此时她已经觉得有些暖意，脸色也变得绯红，像洋娃娃。

将军大叫起来："上帝作证！这可算是在圣·安东尼的墓穴里也看不到的神迹！这样的一个礼物，难道不应该由我们亲自交到沙皇手中吗？"

这时，一个将军说道："这可不一定。前几天我就送了有着美丽头发的女子过去，但据说沙皇只喜欢发色浅黑的、瘦瘦的那种。"

"这样才对嘛，"将军说道，转头向着拉瓦市的方向鞠躬，"告诉伊万·亚历山大，说我也向他致敬。请告诉他，在退回去的箱子里面有我的礼物——一份上尉官职的委任书。你好，宝贝！"

将军走上前去，摸了一下丽娜的下巴。

但她站了起来，揪住了他的头发，重重地甩了他一个耳光，接着又一个！

将军还是笑个不停，好像这一点都不能打扰到他的心情。

他说道："这正是我喜欢的，正是我喜欢她们的地方。我将封你为强盗的皇后，亲爱的宝贝。这个土耳其玉环，就当我给你的定情信物。呶，这可是哈德公爵棺材里的东西，我的人把它抢了过来。"

她接住将军从腰上拿下来的玉环，显得很急切。

凌晨一点钟左右，丽娜和欧吉维坐到营帐的桌边。丽娜身上穿着有着织花锦缎的法国衣物，戴着褐色花边的头饰。原本她想戴上手套再吃东西，可她的手太过丰腴，手套都没法扣紧。手套的扣子挤压着她红润的细皮嫩肉。

将军们高喊道："哈哈哈！匈牙利的烈酒都没有这只手让人快乐吧！救救我们吧！扯住我们的腰带，然后抱紧我们，我们宁愿这样而死!"

但她只管把食物一个劲地往自己盘子里装,使劲咬着肉食,汤勺也被她挥舞不停。碰上食物不对胃口,她就做鬼脸。但是她并不会喝酒,才喝一口便吐了,吐了这些将军们一身。他们咒骂着,凶巴巴地,可她依旧若无其事地快活着。

其中一个将军笑得蜷缩起来,差点噎住:"救救我吧!快把灯灭了,不要让我们再看到她!我头都痛了!救命!小姐,你愿意试试吸烟吗?"

"去死吧!让我安静一会儿不行吗?"丽娜说道。

欧吉维巧妙地躲在一边,这样那些大笑的人们就不会用手肘撞到他的肋骨,但是还是有人过来拉住他的衣服说:"你就不瞧瞧你自己,头都光秃了,难道还要陷进去吗?愿上帝赐福给你们吧,您和那位小小的不幸的人儿。"

将军掩藏起自己的心事,用略显冷漠但又熟识的态度来接近她。但是他在向她谄笑的时候距离也有点太近了,连他的小狗也不能从两人中间跳过去。在人们面前,他甚至不敢摸她的手,但事实上没人看到的地方,他也不敢触摸她,因为丽娜会用戴着手套的手打他,一直打到手套开裂为止。她经常甩他耳光,骂他的时候特别凶,可他似乎像旁观者一样,只会大笑。喧哗和狂热以一种从未有过的热度充斥着整个营区。

他有时真想打她一顿,可又怕别人的嘲笑,因为这样就会很清楚地显示出来,他和她的关系有多么糟糕。他想:"再等等吧。等到关上门来的时候,我们坐在一起,就能得偿所愿了。"

那些将军们还在高喊着:"救命啊,快救命!她是如此有魅力,让我们都想以征服她为最大的胜利！上帝啊，只需要看一眼，就明白是怎么回事了。"

她喊道："拿开！拿开！你，还有你，你以为你是谁！"

不管她走过来还是走过去，这些将军们都受到她拳脚踢打，一次次感受她的魅力。

一天晚上，发生了一件事情。丽娜坐在一群喝酒的老爷们中间，突然一个副官跑了进来，略带尴尬而又犹豫不决地看向欧吉维。

"我能向您禀报实情吗？"

"当然，年轻人。"

"那么，不论我说什么，你都会宽恕的吧？"

"尽管直说，我敢用自己的名誉担保。"

"沙皇陛下正赶往这里。"

"很好，伟大的君主。"

副官指了指丽娜。

"沙皇陛下只对浅黑发色的女人有无限的兴趣！"将军这样说。

"可是大人，沙皇这几天换口味了。"

"上帝！马上整队，马车全部用三匹马拉动前进。"

一时间，军鼓敲得震天响，警铃不停，号角声直上云霄。军队赶着马车，漆黑的夜色里满是枪声和马蹄声。酒会就这么被打断，丽娜被扔上军需车。

一个正在赶路的农夫，向一个提着灯笼的军士发出询问。丽娜听到农夫在询问这次急行的目的。

士兵声音听上去有些沉重，说了句："沙皇！"接着指了指丽娜。

农夫的身体缩了起来，像是被冷风吹到似的，拼命地打着瘦弱的小马，走掉了。而士兵们也在大喝和鞭打着马儿，匆匆进发。几盏没人顾及的灯笼倒在了枞树林和被焚烧过的田地里。疾驰的马车在石板路上发出轰轰隆隆的倾轧的声音。

安德的女儿丽娜，此刻正躺在干草上，仰面看着天上的群星。这马车将会把她送到哪儿？她会遭到命运怎样的捉弄？她的脑袋不停地在想着。那个像护身符一般的玉环正挂在她的腰上，而欧吉维曾经对她做出过不凡的预言。强盗的女皇！如此伟大的名字！现在她开始明了这几个字的真正意味。她用手抚摸着玉环，之后坐了起来。灯笼照明了周边多石头的路径，她小心地往外挪动着，一直挪到马车边。她把脚放了下去，并没有人发现她的这个举动。会被咒骂或杀死吗？但是她的脚已经接触到了地面，在地面上拖拉了好几步之后，她放开手跳了下去，摔在了灌木丛里，手脚都被划伤了。

马车还在轰轰隆隆地前行，马匹和灯笼都消失不见了。之后，她就站了起来，悄无声息地擦掉脸上的血，朝没有人烟的路上跑去。

她在路上遇到了逃难人群。那些粗鲁的人看到她美丽的脸庞后便主动献殷勤，给她捡草莓和蘑菇，一路跟着她。最后她有了一整队的难民跟随者。她对待他们很凶，那些人连她的衣角都不敢碰一下，但是转过身去就开始互相残杀。最后，她遇上一位船长太太。这位太太正要同她的丈夫一起远航到但吉格，她便服侍这位太太。每天天色还没完全黑下来，那些逃难的流民便跑来服侍她了。船长用牧羊人的烟斗吸着烟，坐在月色下的舱房，觉得拥有这样一支志愿队很幸运。可那位年老的太太却认为她的女仆太过强悍。丽娜双手交叉坐在船长旁边，流民们都躺倒在地上，抽着烟斗唱歌。这时候船还没有开始航行。

丽娜问:"需要我为您叠被铺床吗?"

年老的太太大喊:"打她!快打她!"船长离她更近,可还是吸着他的烟斗。一天天过去了,船缓慢地行驶在碧波上,从来没有满帆过。丽娜和那群流民在船上跳舞,船长则为他们奏乐。只有那位年老的太太,一个人在下面的船舱里忧伤哭泣。

船只终于到达了但吉格,船长收起他的烟斗,跟着丽娜和她的跟随者们下了船。流民们都以为丽娜是要在波兰的国土上找到瑞典军队,甚至还会逼迫国王向她俯首称臣。

当她和那群追随者走到一个驻军营地时,正碰上一群女人在喧哗,问及原因,原来是她们两天没吃一点东西,只能坐在马车上。军中最后的食物已经分给了士兵和随军商贩。于是丽娜看到第一个队长后,就走过去,双手放在屁股后头。

"让我的女人们挨饿,你不感到惭愧吗?少了她们,你们能活吗?"

"你是谁?谁是'你的'女人?"

她用手指着她的玉环,说:"我是丽娜,安德的女儿,强盗的女皇。现在你带上五个人,跟我走。"

她看着这位名叫杰可布·艾佛斯堡的有点鲁莽的队长。队长看向她的美丽的面孔,又看向自己的队伍。她被一列拿着步枪的士兵包围着,而她身边的一群女人则用鞭子的把手把自己武装起来。夜幕降临,空气中飞舞着营火的火花。国王听说了这件事,好奇地骑马赶来了。他正好碰上那群野蛮的流民队伍驱赶着载满了牛羊的马车,而军队则开始呐喊:"查理国王万岁!卡罗琳女皇万岁！"

国王的马车前涌来了一群女人，侍卫们把她们逼退。于是丽娜——安德的女儿走上前，同国王握了手。国王踩着马镫直起身躯，在她头顶上，对着队长和那五个士兵大声道："这看上去是一次很不错的、满载而归的偷袭，不是吗，朋友们！"

从那时起，就没有人再跟她提起国王的事了。她不论碰上哪个男人都敢毫不留情地打他们耳光，就算是军曹或将军也是一样。梅尔康布·布克门是个年轻的卫兵，却因为他的敢于冒险以及身上的伤疤而早早出名，当这名卫兵试图把手伸向她时，丽娜就用鞭子抽他的手。当她听到梅尔菲特将军吹着口哨经过他的骑兵团时，她非常生气；当她看到陆军上尉那张黄棕色的脸和乌黑的假发时，她更是火冒三丈。但看到路上有任何受过伤的可怜人，她就会把自己的锡制水壶里的最后一滴水送给他们喝，并把他们扶上马车。她的脸颊历经风霜，再加上受伤的缘故，已经变得粗糙了。她手中拿着鞭子的一端，坐在高高的马车上，指挥着身后野蛮的从营区跟随而来的追随者，到处流浪的女人，正经的太太们，四方云集的窃贼们。营火的火花在夜晚的空中闪烁，士兵们便明白这是卡罗琳女皇发动的又一次抢劫和偷袭。

日子一天天过去。这个快乐的冬天过后，军队便要从原本驻扎的萨克森转到乌克兰去了。国王下令，女人们都要离开军队。

丽娜很有意见："他这是管的什么闲事！"接着继续置若罔闻地前行。

当队伍到达贝勒西娜时，女人们中间传来了阵阵的啜泣和低语。她们聚集在丽娜的马车旁，紧握着手，高高捧起手中的婴孩。

"你有什么办法吗？军队渡河之后就把桥弄断了，他们要把我们留在这里，任由哥萨克人虐杀。"

她端坐着，鞭子放在膝盖上，穿着高筒靴，腰上悬挂着土耳其玉环。越来越多带着恐惧的女人聚集过来，围绕在她身边哀号哭泣。描眉涂粉的妓女从密闭的马车中也走出来了，有的还戴着金饰、穿着长的织锦外套。许多不认识的女人也从四面八方聚集过来。

"贱女人！"丽娜骂道，"那些上尉和上校们走私的东西到哪儿去了，我现在可算明白了。你们之前对我的老女人们做了怎样伤天害理的事？这些先不用说了。不过男人在缺乏粮食时会变得多么狠毒，现在我们都见识到了吧！"

她们纷纷用手抓住她的衣角，仿佛命运已全部系在她一人手里。

"难道没人会唱诗歌吗？就唱'我虽行过死荫的幽谷'[①]，唱啊！"

女人们开始用哽咽的声音唱了起来，声音小得如同耳语一般。一些女人走到河边去，想抓住任何一条船甚至是河里飘着的破桥的碎片过河。有丈夫或者爱人在军队里的女人，则还抱着一线希望等待他们返身接她们离去。那些没人要的出身低下的女人最为可怜，她们穿着破旧可笑的外衣，围绕着丽娜。这时候，哥萨克士兵已经从灌木林来到了岸边。

丽娜心软了，她走下了马车。

她轻拍着这些出身低下的女人们的脸蛋："我可怜的同胞们！我可怜的孩子们！我是绝不会背叛你们的！但现在，我无话可说。

[①]《圣经·旧约》，诗篇当中："主耶和华是我牧者，我什么都不缺。他让我在如茵的草地上歇息。我虽行过死荫的幽谷也不怕遭害，因为你与我同在，你的杖，你的竿，都安慰我。"

或许你们应该向神明祈祷，求他让你们的血由鲜红变成白色。因为现在我除了为这些男人们感到羞耻，除了光荣赴死，没法再给你们什么。"

她打开马车上的箱子，拿出一些抢劫来的波兰军刀和长矛，递给轻声哼着歌的女人们，自己拿着一支没有子弹的步枪，同其他的女人们一起，端坐在马车上等着。黄昏的太阳只剩下微弱的光，她们站在河岸最高的一片地上。

哥萨克的士兵们向着马车前行，毫不费力地砍杀着遇到的女人，开始的时候还以为是男人乔装改扮的，但是显然不是这样。女人们在河里费力地弄着一条船，但哥萨克士兵跑到了水边，并开了火。

"啊，查理国王万岁！"几十个混合的人声喊道，"万岁！不，已经太晚了！看啊，看啊，那是卡罗琳女皇，妓女中的贞烈者啊！手里拿着枪的那个，她死掉了，死了！"

第八章　马泽帕①及他的使者

　　一个装修得十分豪华的卧室，中间放着一张笼罩着绣着桃花的帐幔的大床。一位六十三岁的老人躺在半开半合的床帘之后，从胡子以下一直到脚底都蒙在被单下面。他的满头白发散落在枕头上，额头上裹着长长的纱布。他就是马泽帕。
　　床边的地毯上堆满了瓶瓶罐罐，以及拉丁文书籍和法国诗集。一个形容枯槁的神父正和两个沙皇派来的穿着绿色斗篷的使者在门口低声说着什么。
　　"他完全听不懂你们说什么了。"神父的声音很低，带着悲伤的口吻，"已经有很长一段时间，他就这么躺着，一句话都没有说过。一个本应该享受他的余生的老人，谁又会想到即将逝去呢？"
　　一个使者走到病床前："伊万·史蒂芬洛维克，我们胸襟开阔

---

①伊万·马泽帕，乌克兰哥萨克酋长。沙皇俄国和瑞典帝国之间的大北方战争时期，马泽帕先与彼得一世结成联盟。后因为彼得一世拒绝出兵保卫乌克兰，马泽帕在1708年10月28日与瑞典人结盟。1709年6月的波尔塔瓦战役，俄罗斯胜利，击碎了马泽帕让乌克兰独立的目标。

的沙皇陛下让我代他向您问好。不知道您是否还记得，您的三个哥萨克部下曾经偷偷向沙皇陛下告密，说您要背叛我们最高贵的主人。但陛下对您的忠心很是信任，把他们抓起来，当作礼物送给了您！"马泽帕睁开了双眼，显得十分虚弱，嘴唇动了动，发出了一些含糊的呻吟。

两个使者不约而同地说道："我们已经明白了您的心意！您是在向陛下致敬，对他的宽宏大量表示感谢，这些我们都会转达。您的生命已经进入尾声，您的思想也已经到了另外一个世界里了。"

神父站在一旁，喃喃说道："我担心，很快就要结束了！"

使者们悲伤地点了点头，倒退着出了卧房。

等他们一出门，神父便把门关上了。

神父说："他们已经走了。"

马泽帕突然坐了起来，顺手把眉头上的纱布扯掉，丢弃到地毯的另外一头。他的又大又黑的眼睛，开始发出光彩，脸颊一会儿红，一会儿又变白。他有着漂亮的鹰钩鼻，如年轻人一样整齐的牙齿仿佛也在发光。他掀开被单，披上大衣，穿上有马刺的靴子，一跃而起，摸着神父的肋骨，神情非常愉悦。

"哈哈，你这喜欢恶作剧的神父，你这个无赖！但我们这次配合得很好，莫斯科会认定这个老马泽帕已经倒下，再没力气闹出乱子了。他们公正的灵魂会得到庇佑的，啊哈！恶作剧的神父，你是个大骗子啊！"

神父原是保加利亚的主教，现在被剥夺了职位。他尴尬地笑了几声，眼窝深陷，再加上他的蒜头鼻子，使他看起来就像骷髅一般。

马泽帕越说越兴奋了。

"嘿,马泽帕快要死了!他们不如问问我那些婆娘!她们可一清二楚呢。我们伟大的沙皇陛下啊,我不仅要活着,还要同您一争高下、算一下账呢。"

"主人,沙皇对你还是有怀疑的,但他觉得能用这种宽容的手段使你自动解除武装。他就是这样想的。"

"如果不是有天晚上,我们在一起喝酒,他喝醉了,打了我的耳朵,也许我会被他感动呢。他不应该打我的耳朵,因为我同他一样爱惜自己的耳朵。这是一种难忘的耻辱,一直令我愤懑难安。我就算不是天生的国王,但是至少我在精神上也是一个国王。而且他还想让我脱下华丽的哥萨克袍子,换上德国人的短大衣,这像什么样子?不过这些先不说了,先说说你的冒险经历。啊,你个大骗子?"

"回禀我的主人,我穿得像个乞丐似的,一路往瑞典人的大本营走去。有时候我在旅舍了,会把一个女人放在我的膝盖上,把一瓶酒放在桌子上,但是当我看到我的大脚趾从破烂的鞋子里露出来时,我就会提醒自己:'我是马泽帕的使者!'"

"这很不错。那么,你是怎么找到'纨绔子弟'的呢?"

"什么'纨绔子弟'?"

"准确地说,是瑞典的国王陛下查理。他就算是穿着破烂衣裳,也同那些穿着丝绸袜子的香喷喷的法国王子一样,是纨绔子弟,你相信吗?他拥有北方最勇敢莽撞的军队,他对他们挥鞭大喊:'一群垃圾!不过没关系,不要紧!'在他的每个最不如意、最漫长的晚上,这样的晚上隐藏着所有他的关于权力的秘密。这样可以一晚接一晚不睡觉的人,真是可怕啊!我对他感到非常好奇,希望能见他一面。但这个不是重点，你继续讲！"

"一开始，我发现他带着假发穿着戎装的肖像出现在各个地方，比如旅店小姐的围巾和衣服上，我喝酒的酒杯上，我吃过的蛋糕的糖衣上，桌布、箱盖上，甚至连香烟盒子和外边卖的靴子上都有。那里每一个人都谈论他，孩子们也装扮起来，玩着有关瑞士宗教的游戏，老年的农夫则称他为上帝拣选的国王。他们在提到他时，还要高举帽子以示敬意呢。"

"是这样。那你如何找到他的？是在你到达大本营以后吗？"

"是的，我看到了他趾高气扬、不可一世的模样。但我不得不提醒您，也许噩运已经开始来到，我看到了坏的兆头。"

"这是一种崇高的气质。当然，世人一开始也许并不会赞同。"

"就连玛柏拉夫，在萨克森蒙他召见之后，也只能耸耸肩地离开营地。而且，许多君王都已经在背后嘲笑他。为此，他的将士们也非常苦恼。"

"你是觉得，他率领的只是一群乌合之众吗？但是，就算是这样，这也是我要争取的——那群粗莽的流浪汉。如果不是你明确告诉我看见过他吃东西，我都不相信他是活在这个世界上的。纳尔瓦战役①获胜之后，年轻的瑞典国王一直沉浸在胜利的庆祝声中，而灵魂却先一步飞到了他的骑兵先头部队的前面，继续征战。雪下个不停，战鼓阵阵，国王的军队里人员越来越少，不知道将被带往何处。烟雾和火光弥漫的当口，有敌人认出他来了，但心存

---

① 1700年11月30日，查理十二世的瑞典军队同沙皇彼得一世的俄军在纳尔瓦城附近进行的首次大规模战役，最终瑞典军队击败俄国3万余人的围攻部队，一举震惊欧洲。

疑虑，放下了枪支不敢射杀。连这位国王自己都没注意到，他的敌人有时甚至想向他下跪。被雇佣前去刺杀他的人，一看见他就放下了武器，而他也不曾惩罚，直接让他们走掉。他对国家和条约这些都不甚在意，因为他打仗并不是为了征服，而是挥动着神的剑在行使着惩罚的权力。他们争取胜利所要的回报是什么，和平？钱财？土地？都不是。对奥地利一战，是因为一位中伤过他的议员和一群越过了边界线的俄国士兵，以及新教的信仰自由。对波斯一战，他只不过要求把一名给沙皇当过顾问的上尉扔到监狱里，并处死一个批评他反对伪信者的作家；对萨克森一战，他要求抓到巴德库尼和另外一批瑞典的叛徒，但同时要求释放沙必斯基的王子们和到过瑞典的所有萨克森人。奥古斯特国王被逼无奈，只能从天鹅绒的箱子里拿出古老的波兰令印，交给斯坦尼斯瓦夫国王。他在废掉波兰的奥古斯特国王后，又想废掉沙皇，或者至少同沙皇比比武。可他比武的目的并不在于那顶皇冠或是政权。古往今来，我从没见过这么非同一般的战士，或者说国王。"

马泽帕边说边用力抓住床的边缘，使得丝织帐顶上绣的桃花都在抖动。

但身边的人却举着三个手指头奉劝他："但凡他碰到的东西，都会不幸或者灭亡。我已经警告过你这点了。可他又是冒险家的保护之神，因为对于他来说，冒险是一种崇高的活动。而我的主人，你，也是一个冒险家。我则是你们这群冒险家中最差的一个，因此我跟定了你们。"

接着，主教把举着的手放了下来，放在胸前："伊万·史蒂芬洛维克！你，就没有觉得我是主动找上你的？"

"你是因为对上帝的不虔诚和盗窃,才被赶下主教职位,到我这里来的。"

"这些都是区区小事,不过是圣像祭台上的几颗翡翠罢了。"

"几颗翡翠罢了?你用玻璃把它们替换掉,然后变卖。这样,你获取了财富,还装作是教会的虔诚仆人。"

"我们没有必要说下去了!我是听说过您马泽帕的大名的,约翰·卡齐米日①宫廷的一个侍童,戴着有扑粉的假发,净引诱一些比较任性而为的良家少妇。不过有一次,他碰到一位嫉妒得发狂的丈夫,于是这位侍童便被剥得精光,绑到马背上,赶到了大草原里。但是,尽管这样,这个侍童还是在那里建立了他的冒险家的王国。马泽帕,愿圣安德鲁保佑您!我想要的不是一个会随意杀掉好人的主人,而是一个能让我静心念希腊文和马基雅弗利的主人。我需要一个可以这样和他说话的主人:'老东西,别固执己见。一切都是泡影。我们没有主仆之分。'因为这个原因,我决定跟随你。我身体里流着冒险家的血液,它不准许我无所事事。尽管我很讨厌你掺假的水酒,马泽帕,你太小气了,可是因为你在进行一项极其冒险的事业,我还是跟着你。瑞典的国王固执己见,不再听从他的将士、祖母以及子民们的意见,走上一条最为危险的道路。他同意和你结盟了,和你一起,带着你的哥萨克士兵,反抗你原先的主人。文件就在这儿。"

神父脱掉了斗篷,里边穿的是哥萨克的服装,一把手枪佩在腰旁。一些折好的文件从他的怀中拿了出来。

---

① 约翰二世·卡齐米日(1609年3月22日—1672年12月16日),波兰—立陶宛联邦时代的波兰国王和立陶宛大公。

97

脸色已然发白的马泽帕一把抓起文件,展开在嘴巴前面;接着,他低下头,如同对着看不见的一个圣人鞠躬。

他的心神摇动,自言自语道:"击鼓,击鼓进军吧!"

神父这时候已经走到了门边,看了他一下,说:

"不,不要让鼓声在天亮前敲响!"

之后,马泽帕走到侧室,在一张朴实的木桌前坐下,打开了账簿。账务的管理人员被叫来了,计算过之后,他告诉管理人员可以先从牛奶一项上削减开支。随后他便监督仆人把他的各类箱子打包,不时弯下身帮忙。第二天,他完成了最后一件事,穿上了华丽的哥萨克服装。他的心情过于激动,以至于时时要从椅子上跳起来,到镜子前面,不断用白皙的手优雅地抚摸着胡须。

鼓声一响起,他就立即骑上了马,率队向前驶去。

过了几天,他到达了瑞典的营地。那天早上,雨夹雪还刮着大风,神父突然骑马出现在他面前。四周都是跋涉的队伍,到处都是飞溅的脏水。武器和大炮都被掩盖着,避免生锈。装载着粮食和病人的马车,缓缓前行,也有一些马车拖拉着盖好了布匹的棺木。牛群跟在最后。喝醉了的波罗吉人、趾高气扬的哥萨克人、急骤地敲打着战鼓的波兰华纳辛人,穿着红绿的斗篷骑在马上,高大的铜制头盔有穗子作为装饰,挥舞起镶着纯银和象牙的长枪。还有一些士兵吹着木质笛子,声音如同哭泣。这是一支五花八门、颇具传奇的队伍。他们在荒无人烟的不知名的森林中的小路上走过,穿越积雪覆盖的枞木树林下的结冰的泥沼地,向着神秘莫测的东方行去。

神父的声音很低沉:"马泽帕,你答应的可是带上三万哥萨克士兵向瑞典人投降，可现在跟随你的只有四千人吗？"

马泽帕只是沉默地点头，继续向前进发，他明白这个神父不会放弃任何冷嘲热讽的机会。

"一半人在前天离开了你，昨天更多。也许过不了多久，就只有几百个人跟随着你了，只剩下看守箱子和钱财的仆役。有关的起义计划也将被人出卖，属于你的城市被焚毁，你忠心耿耿的几个士兵也被钉死丢入河中。过不了多久，你就会成为瑞典国王麾下的一名只有荒唐意味的武士了。"

马泽帕还是沉默，于是神父继续说道："现在，我也要抛弃你了。瑞典人的淡啤酒，我都已经喝出酸味来了，而且我的脚趾头现在又露在了外面。您以前的特使需要一个拥有更多财富的主人。再见了，伊万·史蒂芬洛维克！"

马泽帕回应道："我还有头脑，还有我的哲学，我还是我。虽然那些跟随我的哥萨克人已然离开，但我还有哥萨克酋长的权杖。只要有这些，我就会像带领着泽克西斯的百万大军一般骑行到国王陛下的面前。一个来自异常穷困地区的带着无比贪婪的将军，一个逐渐没落的国王会庆幸拥有这样的力量，至于具体有多少人跟随，这样的问题并不会困扰到我和他的。已经有足够的光荣，证明他就是被神所拣选的人。他对待改变历史就像对待热恋中的恋人一样，也不需要用出身来赢得一颗芳心。假如，他和我，我们在某一天，最后只是幸存下来，也会在西伯利亚那片大草原的土屋前边继续谈论有关哲学的问题，就像是在加冕的典礼上一样，热情而亲切地对待对方。"

"你看，连你都亲口提到他已经日渐没落，不好的结局已经被你预料到了。就连你也明白！他现在甚至不能像一个车夫那样夸口了。"

"谦虚这种东西很容易做到，只要大家都互相谦让。"

马泽帕转过他银白色头发的头，向着国王飞驰而去。国王则在那边向他鞠了一躬。

军士们在四周放肆地谈笑，好让国王听到。

安德斯·拉加科纳说道："我到达莫斯科以后，会用沙皇的帽子来补好我裤子上的这个破洞！"

艾克科·史巴回应道："哈，你们听说过那个古老的预言没有？一个姓史巴的人注定要成为克里姆林宫的主人啊！"

军士们都叫着："这里！所有胆敢阻挡我们至高无上的君王前进的，一律杀无赦！"

国王微笑着哼唱："快逃走吧，俄罗斯人，快逃走吧，俄罗斯人。"可在他听不到的时候，那些说话的人们就会变得忧心忡忡、心不在焉。

马泽帕的眼睛闪着热切的光芒，口齿清楚地用拉丁语说道："国王陛下！欧洲大陆深处的领土已经被您的征服之手穷尽，也许明天一早起来，我们发现距离亚洲只有八十里的路了呢！"

"这是他们一直不肯承认的！"国王回答，他继续前进着，绞尽脑汁想着拉丁语词汇，马泽帕生气勃勃的白皙手掌吸引了他，"既然边界不远，我们就应继续前进，好让人们知道我们曾到过亚洲！"

神父拉着马缰立在另一边，耳边的声音渐渐远去。

"亚洲！亚洲可不在欧洲大陆之中！但是，请继续前进，我的冒险家们，我的主人们！"神父大叫起来，"我已经多次变换名字和衣裳，所以现在没有瑞典人会认出我是那个衣衫破烂的神父——那个马泽帕的特使。他狡诈如狐，用冻僵了的蓝色的手摆布了你们这些半神英雄的命运，引导你们进入荒凉的苔原！不过，查理国王和你，马泽帕，你们是对的。历史就是个人扭转乾坤！"

他定在了马上，一动不动。天空一直飘着雪花，军队平静又颇不耐烦地警醒而过。当最后一个士兵回了下头，看到他如同骷髅一般干枯的头颅时，大吃一惊，策马而去。

第九章 五十年之后的故事

吃完粥后，放在白色铁盘两边的蜡烛已经燃烧过半。于是大家把椅子拢到一块，在炉火边围坐着。这是这个地方面积最小也最破烂的领主住宅了，但在夜色的笼罩下，这种贫困很巧妙地隐藏了起来。石地板上铺满的枯草就像是铺了一层地毯，新鲜的杜松搁在窗边，窗外雨如瓢泼。灰白的墙壁被壁炉发出的火光映衬成了温暖的淡黄色。刚刚喝过雪莱酒，大家都明白，晚上最精彩有趣的时间已经到了。有两名女仆甚至换上了最好的节日外套，不急不慢地边擦桌子边等候着。如今的老年胡德上尉（从前是查理国王的人马）把他的烟盒拿了出来，坐在房间中央的贵宾椅子上。他把又粗又厚的短靴脱下来，露出穿着白色厚袜子的脚，放在火炉上烤着，表现出一种舒适惬意的表情。他已经讲了整整一夜了，主角是伊兰克罗那。至于他自己，是享有腓特烈国王[①]亲自颁发的"持剑执法者"这一崇高荣誉的人。

[①]即弗雷德里克一世（1676—1751年），瑞典黑森王朝国王，1720—1751年在位。

可他自己从来没戴过那枚勋章，而是把它放在了鼻烟盒里。每当讲起那段故事的时候，胡德都会变得十分严肃，露出一种沉湎于往事的神情。尽管经常有人说他吹牛，可也没人真在意这个，人们需要的是他一直讲下去。

岁月的沧桑使他老去，鼻子上的冻疮已经掉了。头发向前梳得很顺贴，胡子也卷成一种年轻的样式，虽然胡须的颜色不会再随着岁月变得更加花白。他坐在椅子上，穿着短衣，扣好大衣，严肃地端坐着，用属于他的方式——随意的，甚至是不连贯的，讲述着曾经发生的故事。

唉，那年秋天在森林里边迷路，可真把我整得凄惨。我说的是在塞尔维亚的那个秋天，我们最后剩下的一辆马车也被列文霍普①搞坏了。我们被他带领着，顺着苏阶河前行，试图找到一个水浅的地方，然后渡河走到对岸国王的营地里。可当时有不少士兵来打劫我们的马车。我正是当时负责值班的人，大将军斯坦博克②下令凑齐了几个士兵，把那群劫匪赶走。虽然我很明白晚上是没办法顺利渡河的，但最后，我还是站到了对岸的地面上，虽然身上满是泥水。在那里我碰到我们的一个骑兵，大伙都称他为"长腿筒"，因为在所有的瑞典军士中间，他是最高最瘦的那个。他的胸部并不宽阔，天生双手就很大。手和脚像是没有一块肌肉似的。脸庞纯朴而瘦弱，连胡子也没有，干干净净的，双眼略斜，下嘴

---

① 亚当·路德维希·列文霍普，查理十二世的密友，大北方战争期间作为瑞典军队的后备军将军。
② 马格努斯·斯坦博克，查理十二世的主要指挥官之一。

唇比较厚，也许只有上帝才知道为什么他也会被征来。可当时，我见到这位长腿的幽灵似的人儿，就像看到恋人一般。我们马上就转身向着森林逃去，什么也不管。

一开始，我们还跑着跳着来保持身体的热度，让衣服快点干起来。一直到天快亮，我们才躺下睡了。

又过了很多天，我们还在森林以及沼泽地中苦苦挣扎着，衣服都是湿漉漉的。我们试着把衣服脱掉，挂上树枝，可秋天的水汽很重，这样做根本无济于事，湿的还是湿的。等衣服快干的时候，我们都快被冻僵了，手和脚都难以动弹，费了很大工夫才将衣服穿上。靴子呢？别想了，根本脱不下。前行的路上靴子偶尔会变干，但马上又得被泥泞浸湿的，或者被经常光顾的大雨淋湿。

我和这位沉默而温顺的同伴分享了我的食物——一块肉、一片黑面包。吃完这些之后，就只能找树枝树皮来充饥，甚至是一切能找到的东西来充饥。饥饿和令人颤抖的寒冷与潮湿，都叫我们备受其苦。烦人的冷冷的湿气让我们在睡梦里都忍不住打着冷战。累到不行的时候，关节就僵硬了，再动就异常痛苦。

有天晚上，一阵不同往常的叫嚷声传来。我在那个时候竟然觉得很高兴。可我马上想到即将面临危险，又犹豫着不敢往前一探究竟。我向着与吼声相反的方向走去，"长腿"也一直沉默地跟在我身后。可我们走了一阵，发现竟离吼声越来越近了。我于是赶紧抓着简的手，向另一边走去。但是，冥冥之中似乎有股力量让我们无法摆脱，我们越来越接近那个吼声。我在最后放开了简的手，而他丝毫没有停下的意思，一直向前。

我冲他后面大叫："站住！"心想，这样潮湿的环境下，一点戒备都没有,如果走到敌人的领地,就得吃上一斧头了。

"站住!站住!""长腿"重复着,可脚步不停。

我在后头赶上了他,把他的腰带抓在手里。我一抓住他的腰带,他就顺从地站住了,脸上漠无表情。但只要我松开手,他就马上向前跑。

我感到非常恼火,声音吼得像打雷:"站住!别动!"我发现,这个接受过钢铁似的强硬的纪律训练的士兵,纵然呆呆傻傻,现在竟然也敢固执到不听命令了。

"小伙子!你怎么敢不听上级命令!"

他却一直重复着:"站住!别动!"同前头说的那样,好像管不住自己似的往前跑。

"看在上帝的分上,喂,你,别这样了!"我忍不住大叫起来,"我怎么碰到这么糟糕的情况。现在你成了自己的上司了,你也不想想够不够资格!你以为我是普普通通的小兵吗?这都什么跟什么?你给我记清楚了,别犯同样的错误!"

"长腿"还是什么都没说,我的话就像吹过的风。最后我承认失败了,在他后面跟着走。过了几分钟,我们到了一片四周围着栅栏的平坦地带,一幢幢木头建造成的房子出现在我们面前。在我们旁边,有座大的木头建筑,有好几个楼层。墙上的木材与木材中间,长了不少青苔,厚厚的,上面还挂着水滴,在斜阳下闪着亮光,使得窗户周边也亮晶晶的,好像点了许多灯盏一样。门是锁着的,烟囱里没有出来烟雾。这一大座房子就像个死尸,嘴唇紧闭,毫无生气,只有一双反射着光亮的显得阴沉又亮眼的眼睛露出来。一只狗被绑在了草架子后的木头上边,瘦骨嶙峋。狗在地上爬过来爬过去,见到我们就不停地摇尾巴。

"长腿"径直走到了门口,敲着门,但无人应答。随后他就把军用短刀拿了出来,开始用刀柄撬那扇离他最近的窗户。突然,里边有个似乎被吓到的女人的声音传来,叫着一个叫作"巴尔瓦那"的女人的名字,接着又是一声杯子被打碎的声音。这时候简把铝制的窗户框架拆下来了,并且把框子也弄断了。随后房里有跑步声。没多久门开了,站在门口的是一个穿着华丽衣饰、表情很勉强的女仆人。她梳的大辫子垂在背后,红绿满目的银质饰品都镶缀在斗篷上。手上的那盏灯笼并没有点燃,似乎是习惯性地、无意识地拿在手里。

"放心,我们不会伤害到你们,"我的语气尽可能温文有礼,以解释这种行为,"上帝知道!和善的姑娘啊,我们真的快要饿死了,我们想要……"

"干衣服,"长腿简插了句话,还在发抖。我们一路长途跋涉以来,这是第一次听到这个奇怪的小伙子亲口说话,而且还是中途打断我的情形下,真是厚脸皮啊。女孩转过了身去,给我们留出半开的门。长腿简站在一旁,等我先进,可我很恼火,说:"您,长官大人先走吧。"

"上帝保佑,让我走出这样的困境。"他应声道,同时摩擦着两只靴子的跟。我虽然知道刚刚接受了温柔的接待,可还是在生气,口气也尖刻起来,以便让他不敢怀疑我的认真,我加了一句:"难道还需要魔鬼的鞭策,您才肯向前走吗?"

于是,他抬起了标志性的长腿,先于我进去了。房子似乎缺少前廊,一会儿我们就发现自己到达了大厅。炉子安在大厅中央,上头放着高大的彩色瓷器,高达屋顶的一半,像塔似的。墙面是驳杂的青苔覆盖的木头堆砌成。几把黑而且有着光泽的椅子放在墙边,闪着光亮的酒杯放在柜子上。

女仆跑开了,口中叫着巴尔瓦那的名字。最后巴尔瓦那在最远的一个角落出现了,模样看上去有点疑惑,有点惧怕。她们犹豫不决,不安地低声说着什么。

过了一会儿,她们的聊天变得轻松起来,当我不自觉地对着她们说出"年轻可爱的姑娘"的时候,她们似乎已经适应了这种情形。就这样,我继续装作不知道她们的真实身份(其实只是地位低下的仆役)。这样的计策就好比热油滴在了冰冷的蜡烛上一般,她们立即对我们说明:在收到我们瑞典军队要到来的消息的时候,大概是两周前吧,她们的主人就逃走了。她们都打包票似的说着,所有地方,是的,整个房子都不再有什么值钱的东西。但她们还是愿意尽量服侍我们这样的陌生人。

巴尔瓦那的两排牙齿非常漂亮,可她身材矮小,又长得肥胖,身上还长着一些黑色的长毛。她经常发出刺耳的笑声,令我感到很难受。但是那个名叫卡塔尼娜的女孩儿就不同了,她有着一头漂亮的黄色头发。她在把木块拿进房间走到炉火边时,我忍不住用手轻轻摸了下她美丽的耳朵。与此同时,长腿筒不声不语地把蓝色的破烂上衣脱掉了。他站在那儿,上身瘦骨嶙峋,在场的人于是都没办法再保持严肃了,可他还是一本正经的样子,尽管我看到了一些欢笑的痉挛出现在了他那张僵硬的脸上。穿上了羊皮大衣,吃喝了一些芜菁泥以及脱麦的啤酒之后,我们感到更加饥饿了,就躺在火炉旁边,把宽剑放在双腿之间。我斗胆请所谓的"长

107

官大人"同我一起轮流守护,以防有人对我们不利。同时,我规定这两个女仆不能离开这间大厅,然后我就开始大声用瑞典语诵读祈祷文,以把我们俩交付给无所不能的上帝。

但是上帝经常让我们人类感到不可思议。在没有人同我讲话的情况下,我连续睡了好几个时辰,直到我被身上一阵传来的温暖的刺痛惊醒。这样的刺激人的温暖,也许换作以前我会把它叫作痛,但现在,它只会提醒我不是行尸走肉,而是活生生的人类。尽管这样,没人能明白我察觉到这间温暖的大厅陷入漆黑的安静,而相邻的房间传来喧闹声时心中的惊慌恐惧有多深刻了。

我马上提起我的宽剑,几乎是跳到了门口。我看到长腿简正穿着条细丝睡衣和高跟鞋,站在发着亮光的炉子前。很明显,这个无赖对抢劫很有一套,因为我看到烧烤的架子上放着鸡肉,他还在把从两个几乎要哭出来的女孩手中抢过来的各种各样莫名的食物丢到滚热的汤水中。与此同时,他将破损的杯子放在地板上,把华丽的盘子一个个拿出来,在壁炉的边角上敲烂,把碎片丢在地上。我向前跑去,抱住这只长腿水鸟一般的掠食者,却没办法让他停止。他令人难以置信地展示了他瘦弱的身体中如同巨人一般的伟力。而我呢,还是非常疲倦,尤其在经历了这么多悲惨的事情以后。我将他的脸转向我的方向,他的眼神是透明的,带着迷茫的神气,固执地看着前边。一股酒味传来,我马上就放开他,然后走掉了。他完全是喝醉了。

黄头发的小姑娘卡塔尼娜,与其说是吓坏了,还不如说是感到愉快。她这时走上前来,声音十分温柔……哈,老胡德上尉,我当年还是很年轻啊……我们说到哪儿了?哦,是的,她说长腿简走过了很多房间，找遍了无数的东西，打碎了很多的花瓶还有钟表。最后他到了地下室，几乎都找遍了，除了一间……一间丢了钥匙的地下室。她很快地说明了情况。"你这可怜的人儿，也需要些东西。"小姑娘对我说，同时把我向另一间看起来比较华丽的房间里推，那个几乎也可以算宫廷的房间。织锦挂满了四周的墙壁，那是一幅戴安娜狩猎鹿的图。光滑到发亮的地板上散落着最为华丽的外衣，摇椅则镀着金箔。桌子中央的盘子里放着杯子，杯子里竟然不是令人反胃的脱麦啤酒，也不是麦子酒，而是清澈的黄酒。

看到这些，我几乎要欢呼了。同时，我的疑虑也打消了不少。看起来这两个女孩子也很高兴找机会来搞破坏，并进行浪费，对这个房间她们也怀着敌意：从前在这里走动时，她们从不敢忘记自己奴仆的身份，时刻谨记谦卑。而现在是她们胜利的时刻，未曾尝过的美味她们可以毁掉，也可以放肆地躺在高贵的躺椅上——以前对着这把椅子，她们只有匍匐在地的份儿。

——以前难得触碰的昂贵无比的大衣也能肆意地破坏。她们给我选了一件用硬布料做成的大衣，鲸鱼骨衬着的下摆看起来就像蓬松的裙装。刚刚艰难脱下靴子的脚上也套上了袜子和红色的鞋。可尽管如此，我还是没办法完全放松警惕，不敢轻易放下手中的宽剑。那种将被偷袭的焦虑始终没办法根除。

那个较小的擅长偷取人心的卡塔尼娜，她的脸完全是孩童一般的坦诚，她的手摸起来柔软，虽然看起来并不是很白，这些都表示她的确是非常高兴的。因为和我在一起，我们属于同样的地位，她们可以过得轻松自在。而面对出身高级的绅士，比如军官的时候，就得时刻警惕。

我坐到了桌子旁边的摇椅上。我身穿的闪光的大衣的"尾巴"几乎要将椅子埋没了。我邀请两个女孩儿喝酒，于是她们立刻碰杯喝了起来。

我随意地说着："长官大人啊，他出身高贵，在一个很高尚的家庭长大。他将来，应该会是一名——嗯，国会议员——"我想那是我当时最不合适的评价了，因为我看到她们立刻就记住了，"但你们这些可爱的小姑娘并不知道，出身高贵的人，有时运气不好，也许就会生下一个蠢笨货来，我的责任就是，呃，给他提个醒，省得他做事太离谱。"

当兵对我来说，永远是个错误的选择。尽管我能在恰当的时间杀掉敌人，但我总是太过仁慈，就因为这样的个性，我才纵容长腿简在厨房乱翻一通，而我则在一边吃喝到满足才罢休。虽然每一次暴饮过后，我都感到自己的理智被酒精陆续地夺走。我之所以没有伤害这两个女孩，不是因为她们的美丽使我有了这样的德行，让我不敢做出过分的事，而是因为之前过多的辛苦，让我一遇到酒就如同喝了安眠的水一般。眼前重叠的影子警示我可以放下酒杯了，可经历了过去那样的艰辛之后，这些实在难以抗拒。我的手交叉放在我的剑上，然后睡了过去。

就算是在梦里，我也能听到自己提醒着自己：现在听到的声音，是踮着脚走路的声音，一些人渐渐靠近我的椅子了。我一定要拔剑，就趁现在。可那是什么呢？虽然我还能看清织锦上的戴安娜和她的灰色猎狗，可我的手脚已经不能动弹。空气就像是蒸汽在跳舞，笼罩在那个多嘴多舌的女孩和蜡烛烧出的火光上。可是我醉了，而且是无药可救的。我不怀疑这个事实，我再一次睡过去，接着又有踮着脚的脚步声从我的身后传过来。一把斧头被一个躲起来的奴隶拿在手中，正高高举起。也许下一分钟，斧头就会如同燃烧的蜡烛光焰一样砍进我的脑袋——然后，没有然后了。椅子为什么摇摇晃晃的？要是一直这么晃的话，我可撑不下去了。哈哈，看哪，惨白的脸！切，我要让世人知道没有东西可以吓到我，我将继续，骑马跟随在国王的旗手后面……这个……不行……看吧，我躺在石板地的中间……哈，你笑什么？下面的地下室里……你刚刚说是一个……一个、两个，一个两个蓝色的盖子；两个三个，有人欢喜有人忧，三个四个，多么可爱的土地，四、五，勇敢地打过去，五、六，为了伟大的查理国王。

到最后，我用又酸又痛的手肘把自己撑起来，唱起了诗歌的第六首，从第一段到最后一段，我以为，在这么有力的歌声下，一切邪魅恶意的东西都将害怕而畏缩地逃离。

从没有像这次暴饮后这么痛苦。早晨醒来时，我发现自己四仰八叉地躺在地板上，旁边有把椅子，还有张放着灯的桌子。我认为会有偷袭，随即跳起来，发现两个女孩蜷在桌子下面的羊皮上睡着了。模糊中有诡异的声音从外面的厨房里传来，一个叫纳塔尼亚的独眼老女巫和一个长相毛糙的奴隶马卡在里面。他好像是我梦里的那个人。在我们保证了不会动手后，他们从里面爬出来，并告知我们，昨晚村庄里的一些人家在知道我们到来后，飞快地收拾家当，乘着马车逃离了。

我第一次真正地从臆想中挣脱出来了。我兴奋地走回大厅，向卡塔尼娜弯腰鞠躬，并给了她热吻。

她笑着醒了一下，又转过身去继续睡觉。当我再一次吻她，她跳起来进行反抗时，她是快乐的。

我对她说："卡塔尼娜，你是个好女孩，给我一点新鲜的水和盐吧，我以后会信任你的。"

在她忙碌地为我准备早餐的时候，我时不时地搂住她算不上纤细的腰。我们不停地亲吻，她喜极而泣地靠在我的胸前。我们在不同的房间里进进出出，但因为怕那个正躺在贵族主人专用软床上休息的军官大人，所以她往往在进入房间之前，总要检查自己的仪容。后来，当我抱着她坐在黄色的躺椅上时，用手把她的辫子在她的腰间萦绕，我用尽我所有的诚心在她耳边呢喃着："作为一名铁石心肠的军人，心脏是不应该跳得这么快的。"

现在我只能充满懊悔地一遍一遍地回忆那段美好的日子。其中的美好，尤其是年轻人，无论如何发挥想象力都不为过。虽然马卡每晚都在屋外站岗，我仍不放下我的宽剑。有时外面秋雨潇潇，卡塔尼娜就会双手抓着剑柄，拔出剑来，在屋里奔跑玩耍。墙上挂着的织锦在她来回飞奔所携带的风中左右摇摆，像突然被赋予了生命，不停地呼吸和鞠躬。她的头发垂下来像是古老的头盔，我想在她高喊"前进"的时候，声音一定会在里面回荡。我则假意隐匿在用桌子和皮椅子围成的栅栏边，等待合适的时机去突袭并制服这个外表坚强但是实际软弱的亚马逊女战士[①]。那个时候，我眼中只有这个安乐窝，忘记了那些还在忍受饥饿和痛苦的战友们。

卡塔尼娜身上有一股薰衣草的香味。房间的一个角落变成了

[①] 希腊神话当中英勇善战、与男性为敌的女人部族。

我们的秘密欢乐场所。她把她的用蓝色格子纸包着的大箱子也拿来了，里面装着她的衣物，每次打开的时候，薰衣草的香味甚至会充斥整个房间。她最喜欢跪在箱子前，一件一件地把外套拿出来又仔细折叠放回去。更多时候，我想让她陪我坐在大厅的火炉边，听我讲我的宽剑的故事，但她对宽剑饮血的事迹不感兴趣，也不在意我手臂上的伤口；而且她更不屑听王子基甸的传奇故事，认为那都是无稽之谈，转而专注于毛靴子上的红色和绿色的扇形花饰。那些花饰使那双靴子大放异彩。

军官大人一如既往地醉生梦死，女人对他来说变得一文不值。对此，卡塔尼娜觉得自己很幸运，认为以她低下的地位，如果一位高尚的绅士向她献殷勤的话，很难会不动芳心。一天，军官大人从酒醉中醒来，突然想到了那个被锁住的地下室。卡塔尼娜看到军官大人跑去那里，立刻慌张地求我把他拉回来，身体颤抖着，怎么也镇定不下来。而我呢，当时全心属于她，就抛下顾虑，答应了她的请求。

军官大人已经到了地下室，并点亮了灯，正在尽力打开那把上了锁的木门。

我只好大声制止他："不要乱动！"他对我的话置之不理，不为所动地继续敲打，准备撬门。

卡塔尼娜哭得泣不成声，我只好轻声安慰她说："他是一个军官，而我只是一个普通军人，我制止不了他的举动。"正在我极力陈述自己的无能为力时，门开了。一眼瞥过去，里面有一个略倾斜的俄罗斯圣母像，下面有盏灯，灯光影影绰绰，只模糊看到一张桌子和一张床，而床和墙壁间则有一个圆而黑的东西在移动。

走进去一看,发现桌子上堆满了食物,而之前看到的圆而黑的东西则是一个老人弓着腰凸起的脊背。老人躲在阴影里颤抖着,无处可逃,最后一狠心,抱住军官大人的膝盖,不住地哀求。在他断断续续的嘟囔中,我们得知其他的家人都逃走后,只剩下他这个主人,他愿意做我们最卑贱的奴隶。

"不要害怕,"我把他从地上扶起来,对他说,"刚好我们用餐的时候缺少一个摇铃的人。"

我们在大厅里用晚餐,如同往日的位置,我和卡塔尼娜坐在军官大人华丽的椅子旁边,房屋主人和马卡在一旁站立侍候着。房屋主人的白胡子和手上的铜钵子随着身体的颤抖而抖动着,马卡则拿着两个餐具盖子。丑陋的老女巫那塔尼亚坐在了屋主和马卡中间,她唱歌的时候,他们就用厨房用具如同配乐般敲出巨大的声响。

不知为何,她的哭号般的声音让我想起了无数个不在身边的战友,让我渐渐忧伤起来。我记得一些焦虑的人希望我能去国王的营地,将他们的信件转交给前线的子弟手中,而这些信件现在依旧安稳地放在我的背心和衬衫之间。我拿出这些没有密封过的信,靠近烛台,开始阅读这些风格各异的信件:

请务必转交约翰手中。

我最最亲爱的儿子:

虽然和你隔着千山万水,希望你能收到父亲的祝福。在偏远的地球上的蛮荒之地,会出现鳄鱼、蝎子还有其他有害的爬行动物,它们会攻击你……

怎么会有这样的事呢？我哭笑不得地不知该做出什么样的表情，但又迟疑了一下，或许也有可能吧。正当我在全神贯注考虑送信这个神圣的任务以及带来的精神压力时，卡塔尼娜比平时更加用力地踩我的脚。这转移了我的注意力，把信收起来，转向她，正要表达爱意，却发现她脸色异常苍白，眼前的食物和酒也丝毫未动。我觉得不对劲儿，想让她告诉我是怎么回事，向旁边略微倾斜了一点，但她被老绅士那奇怪的眼神和更加急切的敲钵子的声音吓住了。

我觉得自己该想个办法，来消除这种疑虑。于是，我就如同往常一样说我快要冻坏了，急匆匆地回寝室加衣服，然后假意在黑漆漆的寝室里寻找未果，大声呼唤卡塔尼娜要她帮忙找我的羊皮大衣。

她哭着向我跑过来，揽着我的脖子。

趁机，她在我耳边低语："我听到马卡在大家没有注意的时候，告诉主人说他已经召集了六十个农奴，以打碎大厅里的玻璃窗作为信号，届时就会冲进来杀掉你们。"

她哭泣着向我忏悔，说她也有杀死我的打算，但现在发现已经无法离开我了。我冷静地听着她的悔恨，并尽力安慰她。

到现在我都会痛苦地回忆起我和她的相遇，以及后来在这个特殊的时刻，我竟然什么都不能给予她。但是当时被信任感充盈着的我只能抱着她，亲吻她的唇和发。但是这一切发生得太过于急骤，我正念着信呢，接着却是突如其来的危险。

我结结巴巴地告诉她，我可以带着她远走高飞。

微弱的光线从门缝里射进来，在微光中她坚定地摇了摇头，执意拉着我走到窗边，急切而痛苦地请求我趁人不备从窗口逃走。一股怒火涌上胸口，我甩开她的手，让她跌倒在地板上，并朝她大声吼道："小姑娘，你把我当成什么样的人了？"

话音还没落，我已经回到了大厅，并拔出了剑。军官大人意识到不对劲儿，也立刻站起来拔出了剑。

当房屋主人准备把手中的钵子扔向窗户的时候，我和军官大人拿着武器冲到了他的面前。老人的腿开始发软，不停地打哆嗦，最后竟然一屁股坐在了地上，只剩下敲钵子的槌子还在指间摇摆。面对此状，沉默的那塔尼亚画了一个十字。马卡见势不妙，从后面冲过来扶住老人的手肘，试图抓住槌子向窗台砸过去，也顾不得手上的锅盖哐当掉在地上，在地上摇晃着。老人看着逼向他的枪口，摇了摇头，制止了马卡。

这一刻似乎过了很久，一直到厨房里传来"咕嘟咕嘟"锅子煮东西沸出来的声音。

奴隶们透过玻璃窗已经知晓里面发生的事情，骚动声越来越大，慢慢朝我们走过来。一时间，厨房门口挤满了身着破烂羊皮大衣的奴隶，簇拥着，小心翼翼地朝我们这边走来，衣服上的纽扣在灯光下闪着诡异的光。一声枪响打破了这个僵局，一股硝烟从那片毛茸茸的兽皮中升起。

现在我把之前扮演军官的游戏抛之脑后，把长腿筒拉出重围，准备和他们拼命。但我很快就知道长腿筒是什么样的人了，他抓住我的双臂，用力把我摔到一边，自己反而固执地站在原地一动不动。

"长官,你知道我们的规矩是在战争时候由军官冲锋在前,"他严肃地说,"而现在你把自己变成士兵,把我变成你的长官!"

他手持宽剑飞快地冲进了农奴群,第一剑砍到了门楣上,但是第二剑却砍倒了好几个农奴。接着又是一声枪响,我看到了农奴们举起的斧头和叉子。他的右臂震了一下,像失去支撑一样垂下来,血流不止。他就用剩余的一只手全力挥舞着宽剑。我就到了他的另一边,进行刺砍。

我身上的那件银色衣服被砍得看不出原形,鲸鱼骨黑色的骨节都从破裂的碎片中钻了出来。长腿简则被烟熏成黑炭,差点我都认不出这人就是我的战友。现在我们狼狈地躲在厨房的角落里,长腿简虚弱地倚靠着我。我只想带他冲出重围,握着他完好的一只手鼓励他:"简,我现在真正地了解你了。我们要一起活着离开这里,再也不分开了。"

他没有作声,只睁着一只大大的眼睛,而另一只眼睛却紧闭着。他重重地倒在地上,仿佛连地面都震了几震。

虽然我想要保护好他的躯体,但现实却不允许我这样做了。一会儿之后,我就又冒着雨,带着右手的伤口,回到了灌木林和泥浆之中。

但是不管怎么样,我最终还是遇到了一支二十多人的瑞典分遣队。我们爬到树上稍作休息。远处有光源闪耀,让头顶这片阴霾的天空也染上了一丝暖色。

我的伙伴问我看到了什么。

"我的眼前只有黑暗。而我在闭上眼睛的时候,反而能够看到更多。我看到了我的前方敌人的连营,我的脚下是潮湿的草地和地下的泥潭,要把我陷进去,让我从此埋骨于此。我的身后是无尽的荒原,我们兄弟的尸体已经被秋天的枯黄落叶覆盖。本该是农舍的地方却空荡无一物,常见的家禽更是如同幻觉。马匹也只能以树皮为生。更遥远的地方就是海了。在路的尽头,隐约可以看到红色的老田庄,只是周围翻倒的篱笆诉说着那里的凄凉。芜菁已被取走,有位严肃的老人翻开一本皮革封面的《圣经》,目光停驻在夹着一支黑色的羽毛笔的《启示录》的第一章,而心思却带着冥想和疑惑。他在猜测我们是否已经带着援军赶到国王的营地,这样的话,他的儿子就能读到那封不太容易读懂的家信了。"

我想到了这些,但是我并没有全部说出来。而卡塔尼娜,已经被我封闭在回忆中了。

我的同志继续追问:"现在你爬得更高了,又看到了什么?"

我抬眼看到树林那边的灯塔和营火,在浓浓的雾色的衬托下,像一块块被融化了的、不成形的铁块。我再次睁开眼睛,黑暗中那一排排营帐在灯塔的照射下,像极了大雾天气的海岸线。

我压低声音对同志们说:"准备好武器,发光的是一颗有着许多果核的大苹果(敌人)。"正说着,我猛然一顿:"等一等!那不是俄罗斯人!我好像听到了熟悉的语言,那两个前哨在用我们的母语相互打招呼!我敢保证我听到了七声'魔鬼'的字眼,不然就让魔鬼把我带进地狱!"

之后我怎样从树上溜下来的,以及其他的环节,我都记不清了。反正不久之后,我就已经处身在人群的环绕之中,到处握手,与人拥抱。我四处奔走,被高举着、被拉着来到营区的深处。当他们看到我破烂的衣服上面很多向外刺出的鲸鱼骨时，都笑了。我也笑了。

"班及上尉的信！"我大声呼喊着。

"早就在战场上牺牲了。"

"西德斯垣上校的信。"

"也牺牲了！"

一匹死马把我绊了一个趔趄，我看着那匹几乎被烧焦的牲畜的脸上仍挂着一抹僵硬的微笑。冰冷的大雨浇灭了火焰，但在余烬微弱的余光中，一圈军官围坐在一起，看上去并不快乐。我凑过去看，他们中间躺着一个连头部都被斗篷盖上的人。我想叫醒他，看看是否有他的信件，但我被一只大手和一句简洁的话阻止了。"你疯了吗？你没看到国王陛下吗？"

我的动作就定格在弯腰捡信袋的那一瞬间。我整个人呆住了，泪水止不住地涌出来。

胡德上尉在一片道别声中结束了他的故事，转身离开，却在入口走廊处停下了脚步。

这时一个女仆拿起圆桌上的一支蜡烛，披着她的假日外套，小心翼翼地护着烛火，注意着脚下的干草，走上前去为他照明——她们都知道这个叫查理国王的人非常怕黑，甚至都从来没有自己走上过阁楼。

第十章　要塞屋子

瑞典人在毫无准备的情况下，迎来了异常寒冷的严冬，所以他们急忙将军营转移到了海嘉西城里。但即使这样，大街上仍充斥着哀伤的哭喊，地面上散落着肢解的指头、腿和脚，房子里也挤满了冻伤、冻死的人。一辆辆被绑紧的车从城门排到了市场，而四面八方招募来的士兵则匍匐在轮子和车轴下。马虽然被套上了马具，牵到了背风的地方，但由于它们缺乏粮食和照顾，冰霜已经覆盖了马腹。有的车夫保持着手插在袖子里的姿势，坐在车上停止了呼吸，马车就更像长方形的棺材了。偶尔还可以在盖子的裂缝里，隐约看到一些面容惨淡的人，他们用虔诚的心和发烧后疯狂的目光乞求着一个可以栖身的房子。那些连马车都没有的更加不幸的人，只能用模糊的声音或沉默来祈求神的宽恕和怜悯。士兵们站在城墙背风的一面，即使他们瑞典军装的外面罩着哥萨克大衣，即使他们光秃秃的脚上裹着羊皮，也逃脱不掉被冻死的命运。大量的野鸽和麻雀也因为霜冻而不能飞，掉落在站立着的尸体的帽子和肩膀上,用手就可以捉到它们。当随军牧师用白兰地为死者做膏礼的时候,它们拼命扇动着翅膀,却怎么也飞不起来。

一座不寻常的大房子坐落在市场上被烧毁的地区,里面的争吵声在这肃穆的街上尤显突兀。一个士兵把一捆木柴交给了门口站着的少尉,走回街上,对那些好奇者若无其事地耸耸肩说:"只是一些军官大人在办公室吵架而已。"

门口接过柴的少尉是随着列文霍普军团最近才来的。他打开门,里面的声音瞬间消失了,像是被冰冻了一样。他沉默地将木柴放在壁炉旁,转身离开。但就在他关上门的瞬间,屋里的争吵声像结束了冰冻一样的天气,迅速升温。

脸上长满了皱纹、有着发亮的面颊的拍柏大臣大吼道:"这整件事太疯狂了!是疯狂!"随着他的吼叫,他的鼻孔因大力呼吸而颤抖着。

"我说过的,这整件事都十分疯狂!"他大叫起来,"非常疯狂!"

有着一个尖鼻子的贺米林,眼睛和手不停地抽搐,像只温驯的大老鼠一样在房间里踱来踱去。元帅大人雷恩斯克雷德[①]则有着令人妒忌的身材和美丽的双手,这时他像完全没有参与争吵一样,站在壁炉旁轻松地吹着口哨、哼唱着。列文霍普站在窗户边抽着烟,不停地重复着把鼻烟盒子打开又合上的动作,他那双突出的黄褐色眼睛使得他那让人不敢苟同的假发变得更加夸张。现在他们全都认为,争吵是因为雷恩斯克雷德的口哨和哼唱而升温的,如果

[①] 卡尔·古斯塔夫·雷恩斯克雷德,查理十二世的密友,查理十二世受伤之后,他指挥了对俄战争。

他保持沉默或者说几句话，争吵可能就会停止。当然，列文霍普也是这么认为的，他原本无论在什么场合都能控制自己的情绪，但雷恩斯克雷德的口哨和哼唱让他的怒气已经压抑不住，要喷涌而出。

他仿佛做出了一个艰难的决定，把鼻烟盒重重地盖上，咬着牙说："尽管我不敢斗胆要求国王陛下知道所有议员的职责，但是对于他指挥军队我绝对不敢苟同：他能够说出单枪匹马和发动群攻的区别吗？我们的训练精良、富有经验的士兵，他却让他们去逞能、虚张声势。如果我们要攻下一座城的话，原本不需要让士兵伪装成是护送木柴或其他防御物的人，那样他们就不会遭到屠杀了。容我大胆说句话，我可以原谅一个幽普色拉的学生的幼稚和突发奇想，但战场上的将领脱离实际则是不允许的。让这样的主人指挥战争，只会败得更快。"

拍柏补充道："说实话，国王并没有用一些异想天开的命令来为难你啊！将军，是这样的，在以前的时候，国王会按照每个人的能力来授予他职位，让我们各负其责，这样很好。但是现在国王陛下只是保持着他的白痴笑容走来走去，这就让人要发狂了。"

他愤怒得失去了应有的冷静和克制，手随着怒气举在空中。即使如此，他也同意列文霍普的说法。说完之后，他转身匆忙朝里面的房间走去。随着门被重重地关上，雷恩斯克雷德以为要让他发言了，更加不自觉地吹口哨、哼唱。但大家没有推选他发言。吉林克洛克坐在桌前核对请假条，脸孔发亮，旁边一个形容枯槁的军官，与他形成对比，并满怀恶意地对他低语："列文霍普只送给拍柏太太一副钻石耳环，就想让拍柏提升自己的职位，这是不可能的。"

一向沉默无语的列文霍普在雷恩斯克雷德的口哨声和哼唱声中心情越来越恶劣，如果在往日，他更倾向于坐在角落的桌子旁浏览那些放在衣服里的文件。但是，在面对要不要甩开这一切走出去的情形时，他犹豫了，站在那里，像一个士兵打量着自己的脚踝，沉默着。正当雷恩斯克雷德不知所措的时候，一个军官用执勤士兵的嘹亮声音说："国——王——殿——下——"一股冰冷的寒风穿过打开的门涌入室内。

国王弱小的身体和瘦削的肩膀仿佛没有经过时光的磨砺，虽然重担将他从一个迷糊、青涩的年轻人变成了拥有深刻皱纹和忧郁眼神的人了。他穿着磨得黑亮的大衣，长期的酷寒带给了他鼻子和面颊上的冻疮和发红下陷的眼睑。头发为了掩盖秃顶而向后拢去，却杂乱地立起如同戴了一顶皇冠。

他摘下头上的毛帽子，似乎想要缓和尴尬气氛，对每个人点头微笑，并掩饰室内因他的到来而弥漫的僵硬和冷淡。

他穿过深深鞠躬的人群，走到中间，站直，手脚无措地向周围鞠躬，然后就陷入了沉思中，思考自己即将要说出的话。

突然，他利落地朝雷恩斯克雷德走去，五指用力拽着他的大衣纽扣，直奔主题："我要发起一次袭击，虽然已经有两名骑士愿意追随我，但是我还需要两三名护卫，请求您分配给我两三名普通士兵。"

"但是，国王陛下，从您的军营到城里这段路上到处都是哥萨克人，您只带一小队护卫是很危险的。"

"胡说！我只请求您提供给我两三名士兵。如果没有的话，让一个现在空闲的将军带着他的一个部下也行。"

列文霍普向国王鞠躬，表示愿意陪同。

大家都知道国王是个琐碎、优柔寡断的人，所以雷恩斯克雷德用沉默回答之后，所有的人都保持哑口无言，弄得国王呆呆地站在那里不知所措。

直到国王意识到没有人会再回应他，还是保持礼节地对在场的每个人行了礼，然后向外走去。

列文霍普亲切地拍着一个少尉的肩膀问："你觉得如何？能有机会和国王面对面站着，是你一辈子的荣光。"

"我从来没想到过国王陛下会是这样。"

"是的，他很高贵，高贵得几乎吝啬发出命令。"

国王带着他的七个侍卫穿过马车和冻死的动物，穿过群众来到城门口，爬上马鞍。这一路上，他时刻保持着王室的尊严——轻快、严谨而缓慢。

道路因为冰冻而光滑，有一些马匹倒下了，但是列文霍普的劝告只能使国王烦躁地催马前进。他突然记起韩特门曾说过的一个预言：如果不是国王的话，他很可能会是个孤独的诗人，写出一些美妙的，尤其是战争题材的诗歌。他当时是想成为那个永远站在人前的出众的罗夫歌泰辛。这是韩特门整夜给他朗诵的北欧传说当中最令他捧腹大笑的一个。但无论是什么都不能让他快乐起来了。从在军官办事处看到那些红色的面孔开始，焦躁不安就已经困扰住了他。事实上，从孩童时期的那些恶作剧开始，他就常常陷入自己的想象空间当中。他已经听不到民众的哀叫，甚至对有民众抱有怜悯的人也心存怀疑，哪怕是他的战士们提供给他最好状态的马匹和最新鲜的食物，哪怕今天早晨他们曾悄悄在他的皮包里放上五百块金币，哪怕在混战里他们围绕在他的周围，为他甘愿献出自己的生命。这些他都看不到。不幸的事情使他变得刚愎自用、多疑，他记录下所有针对他的反对意见，哪怕最轻微的或者是经过了掩饰的，他觉得这些都是悄无声息的背叛，像黑暗一样无时无刻不在吞噬他的灵魂。他总是焦躁不安，害怕失去他信任的军官，害怕自己的战争终将走向失败，他的心越来越冷。只有他离开营地的时候，这些苦恼才会远去，他才能轻松地呼吸。

列文霍普注意到了国王的不安，觉得自己得想出一个办法来使国王恢复平静。

但是他的马也受伤了。他轻抚着他的战马，以国王能听到而又不是特意的声音说道："我英勇的阿杰可斯，就算你是一匹久经战场的老马，我现在也不能驾驭你了。上帝作证，谁有能力你就去跟着谁吧！"

他察觉了少尉看向国王的焦虑不安的眼神，于是压低声音说："国王陛下是高贵的，他不屑责骂或争吵。孩子，你只要保持忠诚就足够了。"

国王微微怔了一下，装作没有听见。在积雪和冰的路面上，漫无目的的马匹跑得越来越快。国王身边只剩下四个随从了。再过了一刻钟，又有一匹马也因为前脚折断而跌倒在地，骑士之后从耳朵后面将它射杀了。失去马匹的骑士只好在寒冷中孤独地行走着，走向那前面不可知的命运。

最后，只有少尉能够跟得上国王了。他们骑进了小树林里，枝枝蔓蔓的阻碍让马匹只能踏步前进。远远望去，有座被烟熏得乌黑的房子坐落在山上,慢慢走过去,看见了墙围起来的庭院和装着铁栏杆的窗户。

这时,蓦地一声枪声响起。

国王惊惶地四处张望:"怎么回事?"

少尉用轻微的赛美兰口音回答说:"刚才有鸟粪从我身边飞过去,幸好只擦上了我的帽檐。"他第一次和国王这么近距离说话,不知道应该在国王面前保持怎样的行为。他觉得能有机会和最高贵的人在一起是无比的幸运,因此开心地继续说道:"我们要不要上去,拉着他的胡子把他揪出来呢?"

他的话取悦了国王,国王精神也振奋起来,脸颊上显出淡淡的红色,轻松地跳下马来:"我们可以把战马留在这里,人爬上去,不费吹灰之力地将他们杀死。"

他们把战马留在灌木丛里休息,自己则在灌木丛中匍匐往山上爬去。在更近处,他们看到墙头上趴着几个长头发的哥萨克人,头发垂下来的模样像极了刑场上即将被砍头的罪犯,又黄又亮。

国王拍了下手,说道:"注意了!这些奸诈的狐狸想要把那扇破烂的门关起来。"

他的眼睛发亮,整个优雅的面容变得闪闪发光。他拔出剑冲到那扇门前,奋力地砍着,像个年轻的神祇。少尉立即跑到前面去砍杀起来,以至于差一点被国王从后面砍中。一支老步枪将国王的太阳穴都熏黑了。在门口,他们杀了四个人,剩下的拿着火铲逃向庭院。国王把两枚金币扔向哥萨克人的铲子,把自己剑上的血用雪擦拭干净,兴奋地大叫:"我允许你们装备好武器再回来和我战斗,你们这群只会逃跑的懦夫!"

哥萨克人听不懂他的话，只死死地瞪着地上的金币一会儿，沿着墙角溜掉了。不一会儿，从平原的深处传来哥萨克人阴沉、悲惨的声音，招呼着他们的同伴，"啊呵""啊呵"。

国王冷哼了一声，似乎有些焦躁："小哥萨克人！乌合之众！"

荒原上不时传来一些细小的声音，像是风琴的悲鸣。庭院的围墙如同门一样，也是暗黑而破烂的。强大的风把门又一次重重地关上了。国王走向一间稍大的略暗的房间，壁炉前堆着那些盗尸者从死去的瑞典士兵身上扒下的带血衣服。国王转而走向隔壁的马厩。马厩没有门，可以清楚地看到一匹被绑在墙上的铁环上的饿死的白马。里面传来一个清晰的声音。

国王尽管勇敢，但他却怕黑，所以举着剑站在阴暗的门槛上，不敢往前迈步。他装作不经意的样子，让少尉陪他一起顺着深陷的楼梯走向了地下室。声音越来越清晰了。下面一口井，一个对外面情况毫无察觉的聋人，他正在用鞭子和马缰驱赶一个穿着瑞典军官制服的人，在提水的绞盘边劳役。

他们立刻捉住了哥萨克聋子，把他绑在囚犯的位置，而那位被解救的瑞典军官居然就是骑兵新兵团的少校——荷尔斯泰因人费欧尔德哈森。他在战争中被哥萨克人砍下了马，之后就被带到这里，戴上牲口的驮具驮水。

他立刻跪倒在地，诉说他的感激之情："国王陛下，我简直不敢相信我的眼睛，我感谢……"

国王很享受这种被作为神的崇拜，愉快地打断了少校的话，转向少尉，下达命令："我们三个人骑在两匹马上是不会很舒服的，因此我们需要在这里等哥萨克人过来，从他们那里再夺下一匹马，这样三个人就可以重新上路了。这位先生,你可以站在这里当守卫吗?"

国王说完就回到屋里,并关上了门。马贪婪地啃着灌木皮,少尉服从国王的命令,将两匹马拉到马厩,骑到马背上开始负责警卫。

时间慢慢地过去,快到黄昏时,突然风雪变得剧烈起来,在夕阳中旋转起舞。风中还带着哥萨克人喧嚣的声音"啊呵""啊呵""啊呵"。趁着恶劣的天气和黄昏的微光,像死尸一样黄脸的哥萨克人从灌木丛中伸头向这边刺探。

之后,费欧尔德哈森从马厩走出。在里面的时候,他尽量挤在两匹马中间,以防止他的被绳子勒出来的伤口被冻坏。他一直走到关闭的房门前。

他的话有些含混不清:"陛下,哥萨克人越来越多了,而且夜晚马上就要降临。少尉和我可以共骑一匹马。如果我们再推迟下去,今天晚上恐怕就是最后一个晚上了。这也是上帝的律法所不允许的。"

里边传来国王的声音:"就按我说的办!两匹马要供三个人骑着,这怎么能行!"

荷尔斯泰因人无奈地摇了摇头,回到了少尉那里。

"国王陛下就是这样,你们这些瑞典人真该死啊!就在这个马厩里,我听到他在走来走去的声音,就升起了无药可救的绝望。沙皇站在自己的子民面前的时候像个家长,他可以把一个面包师当作朋友,也可以让一个朴素的女仆成为他光荣的皇后。尽管他喝醉酒之后是令人厌烦的,会用很不好的所谓的法国方式来对待女人，但是，他的所作所为，无不是为了俄罗斯帝国的利益。哪有你们查理国王那样的，像抛弃轻尘一样抛弃你们的国家。他没有一个朋友，甚至连最亲密的人也没有，比最卑微的赶车人更为凄凉，没有可以给他提供依靠的伙伴，没有可以让他伏在上面哭泣的膝盖。在贵族、高贵的仕女绅士之间，他都是独自来去的，和坟墓中爬出来的千年幽魂没区别。你说他是治理国家的天才吗？上帝啊，他哪里曾把百姓放在眼里。带兵打仗的将才？所有人的需求他都视而不见。他只会建造桥梁，构建防御工程，为俘获敌人而拍手称快。他哪里关心他的国家和军队，他关心的不过是个人的人格。"

"可那也是一种关心啊。"少尉说道。

他使劲来来回回地走着，手指接近冻僵，以至于差点握不住他手中的军刀。荷尔斯泰因人把破破烂烂的大衣的衣领往面颊上包裹了一下，继续用含混的声音，打着手势，急急地说道："只有在桥梁倒塌，落水的可怜的人和动物快被淹死的时候，查理国王才会开心大笑。他的心中没有怜悯。真该下地狱！查理国王，这个瑞典的天才，瑞典的狼人，一个边敲战鼓边带军队前行的，只会收获惨败和唾骂的来自瑞典的天才，啊呸！"

"可瑞典人愿意为他上刀山下火海，就因为这个原因。"少尉回答他。

"我亲爱的少尉，别气愤了！我们刚刚见面的时候，你笑得多高兴！"

"虽然我非常乐意听您的讲话，可我真的冻得要死了。你能否再去国王那一趟，看情况如何？"

荷尔斯泰因人向着门口走去,细心听着。回转过来时,他说:"国王陛下就是走过来走过去的,不时哀叹,感觉他的精神处于异常的痛苦中。就像大家说的那样,他从不用在晚上睡觉吧。他自己并不想扮演一个乐观的小丑的身份,可接连而来的挫折和苦难啃噬着他的雄心壮志。"

"我们不能拿他开玩笑。你能用雪搓搓我的右手吗?已经被冻僵了。"

荷尔斯泰因人照着做了,又到国王的门口去。他用双手拍打着额头,撅着脸上的灰白杂乱的胡子,自言自语道:"天啊!再过一会儿,可就太晚了。"

少尉叫了起来:"行行好吧,拜托你再用雪球搓一搓我的脸。我的脸这会儿也冻僵了。脚上的冻伤我就不管了。这个,哎,我快受不了了。"

荷尔斯泰因人抓了满手的雪,说:"我来替你守卫。就一个钟头。"

"不行,国王命令我在这里担任警卫!"

"啊,啊,国王陛下,我认识他。我们会谈得很高兴的,比如哲学,还有那些冒险的勇敢人物的故事。他无法拒绝一个为了爱人冒险爬进窗户的故事。他喜欢的永远是女人美丽的一方面。那美丽能激发他的想象力,而不是肉体。肉体方面他毫无知觉。况且他是这么容易害羞,如果一个美丽的女人想要得到他的心,就必须主动出击,同时又需要一点欲擒故纵的把戏。但是所有人都会反对他们在一起,就算最有实力的女人。他的祖母,对他喊道:'结婚!结婚!'但这只是把一切都弄得乌七八糟。查理和瑞典的克里斯蒂娜女王①简直是一个模子里印出来的,虽然他明显更具男子气概。这两人应该共戴一个王冠。他们是天作之合!啊呸!你们这些瑞典人!假如有人骑在马上,让他的子民和国家都遭到了灭顶之灾,但只要他心灵纯洁正义,那么他就还拥有无上的尊严。对爱情,他实在是太后知后觉了!哎!抱歉我这么说话。可我知道,就算是有着纯洁正义心灵的英雄,也可能同时对两个或更多的女人保持同样的忠心。"

"不错,我们瑞典人就是这个秉性。可是,看在上帝的分儿上,继续帮我搓搓手吧,同时请忍受我的哀叫。"

外面的大门并没有关上,死掉的哥萨克人躺在门里,像结冰的大理石,惨白无比。天空由暗黄转入黑夜,微亮的光芒下,号叫声越来越近,"啊哈""啊哈"。

这时,国王打开门,从庭院中走过来。

一路的风中驱驰使得他头痛的旧毛病加剧了,眼神也愈加沉重起来。一种灵魂的孤独与挣扎从他的表情中透露出来,待他走近,习惯性的不自然的微笑又挂在了他的脸上。被步枪击中过的太阳穴,还是黑色的。

"一切又开始蠢蠢欲动了。"他说,从口袋中拿出一块面包,平分成三块。每个人都得到了同样多的食物。接着,他又摘下了自己的骑马风帽,亲手戴在少尉的头上,并在肩膀处系好。

像是对自己这种亲昵的举动感到不好意思了,国王使劲抓着荷尔斯泰因人的胳膊,同他一起走过庭院。

荷尔斯泰因人想,就是现在了,正好趁这个机会,用我的言语吸引国王的注意力,然后再和他讲讲道理!

---

① 1632—1654年的瑞典女王,终身未婚,后传位给查理十世(卡尔十世)。

他一边吃着面包，一边开始讲起来："后面的情形可能更惨。唉，过去多么好！让我不禁想起了德莱斯顿外的一场勇敢冒险。"

国王继续抓着他的手，荷尔斯泰因人的声音变低了些。这是一个轻快而较为下流的故事，国王止不住地追问。那些粗俗的联想会激发他僵硬的笑脸。他仔细听着，用一种处于绝望中的心思不定的态度，找到值得消遣的东西。

就在荷尔斯泰因人试图把话题转移到将会有怎样的危险到来时，国王又变得一本正经了。"这都是不值一提的小事罢了。"国王回答说，"我们要做好自己的事，就算打到最后只剩下一个人也要光荣地坚持。那些流氓们到来的时候，我们几个就站在门口等着他们，用剑刺过去。"

荷尔斯泰因人把头伸出去，看了看周围。于是他开始讲外面的星星，说他有一套能测出星星与地球距离的特有理论。国王重新产生了一种兴趣，认真听着。他经常以一种渊博的姿态，敏捷地提出一些疑问，似乎现在就可以很从容地解决掉问题，这是很令人惊讶的。一个接着一个的疑问，直到讨论到宇宙和灵魂是否不灭，然后又重回到星星的话题。两个人都沉浸在这片星空里。国王提到，自己也懂得日晷的运行，将宽剑和剑鞘都插在雪地里，正对着北极星的方向。这样一来，明天他们就能知道时间了。

他说道："宇宙的中心，一定是位于瑞典上空的那群星星当中的一颗。这个世界上，没有哪个国家比瑞典更重要。"

墙外传来了哥萨克人的叫声，可荷尔斯泰因人只要一提及他们的险境，国王就会简单明了地避开这一话题。

"天亮的时候，我们可以考虑回海嘉西的事了，"国王说，"当然，在此之前，我们还是很难弄到第三匹马，以让我们每个人都能舒服地坐在自己的马上回家。"

他用这样的口吻结束了对话，回到了屋子里。

荷尔斯泰因人热情地向少尉走去，手指向国王的门口，大叫道："少尉，请原谅我。在捆绑我的绳子留下的痕迹消失之后，我们德国人，是不会说虚伪话的。我承认我的错误，你是对的，我也愿意为那个人抛头颅洒热血。我是那么爱他！每个人见过他之后，就会了解他。可是少尉，这样的天气，你不能再继续站下去了。"

少尉这样回答："再没有任何一顶帽子能像现在头上戴着的这顶一样让我备感温暖。我信仰上帝。但是，看在上帝的分上，少校，你去房子里看看，国王说不定会弄伤自己，仔细观察！"

"不，国王陛下的剑不会对准自己的，他只想刺向别人。他不会出什么事。"

"可我听到他越来越强烈不安的脚步声，那么孤单。在海嘉西的时候，我看到他对着那些将军们鞠躬，我想他是太寂寞了！"

"如果我能侥幸逃脱这场灾难，幸运地活着回去，那么今夜他听到的脚步声将永存心中，他会将这些脚步声比作'城堡花园的逃避者'。"

少尉点点头，同意了，说道："那么，去马厩，休息在两匹马的中间。而且在那里，你也可以透过墙壁听见国王的动静，要仔细。"

这个时候，少尉唱起歌来，声音带着回响：

"在天之父啊，您爱怜的宠儿……"

荷尔斯泰因人穿过院子回到马厩中，用因为冷而显得颤抖的声音，附和着外头的歌声：

"无论什么时候，在什么地方，
我弱小而可怜的灵魂都将得到我的命令。
神啊！请接受他，保护他！"

风雪中，哥萨克人用"啊哈，啊哈"的声音相呼应着，夜幕已经降临。

荷尔斯泰因人在两匹马中间挤着，仔细聆听着这静默而让人忧虑的时刻，但挡不住的瞌睡又使他低下了头。清晨的阳光照进来时，他才在喧闹声中醒过来。很快，他走到空地上，那把用来当作日晷、插在地上的剑还在，国王正站在庭院中。

门口聚集起哥萨克人，可当他们看到那个没有表情的哨兵时，在迷信的影响下又害怕地选择了退缩。他们想到了那个有关瑞典军人是不能被杀死的传言。

荷尔斯泰因人向前，走到少尉的前方，抓住他的胳膊，心情很沉重。

"现在怎么样？"他问道，"要来点白兰地吗？"

少尉紧握着刀柄的手松开了。

背靠着门，少尉已经冻死，另外一只手还搭在刀柄上，头上戴着国王的风帽。

国王开口了："如今只剩下我们两个人，"他把武器从雪地里拔起，"那么，我们就按照事先安排的那样，立刻上马吧。"

荷尔斯泰因人立刻又要怀恨在心了。他瞪着国王的眼睛，仍旧站着，似乎没有听见。不管怎样，最后他还是骑上了马，但是手却在发抖，几乎握不紧缰绳。

哥萨克人摇晃着手中的刀枪，哨兵还站在原来的岗位上。

接着，国王鲁莽地跳上了马鞍，拍了一下马，飞奔起来。开朗的前额，红润的脸颊，在阳光下闪闪发亮的宽剑。

荷尔斯泰因人从后头看向国王，然后收起了脸上的尖刻表情，喃喃自语着。他坐在马鞍上，脱下帽子，飞掠过哨兵的身边："英雄高贵地死去，并不会给另外一个英雄带来悲伤。感谢你，朋友！"

第十一章　一件白色衬衫

班吉·季汀是个二等兵，战场中，哥萨克人尖利的矛正中他的胸部。同伴们把他放置在树林里的一堆木柴之上。牧师拉宾尼阿斯给他进行最后的圣餐礼。地面已经结冰，呼啸的北风不知疲倦地把干枯林木的树叶吹了下来，这里是维普力亚城城墙前的一个地方。

牧师拉宾尼阿斯小声说："上帝和你在一起！你是否准备好在一天的工作后离开？"

躺在地上双手交叉的班吉·季汀，眼看就要因流血过多而死。他把眼睛睁得大大的，眼神很坚决，执着、瘦尖的脸在太阳和冰的映衬下变成了棕色，只在嘴唇上显示出濒临死亡的泛蓝而苍白。

"不要。"班吉·季汀说。

"班吉·季汀，这还是我第一次听你说话呢！"

快死的班吉·季汀咬着嘴唇，抓紧双手，不自觉地就讲出了他不愿讲的话。

他慢慢地说:"就算只有一次,就算是最卑微的士兵也有权利说出心中的话。"

他很痛苦地用手肘撑起自己,班吉·季汀突然叫出痛苦的刺耳的声音。牧师拉宾尼阿斯根本分辨不出这痛苦声音的来源到底是来自肉体还是灵魂。

他把圣餐杯放在地上,在上面盖上一块手帕,这样落下的树叶就不会掉在杯中的白兰地里。

他用手按着前额,结结巴巴地说:"这、这个,我作为神的仆人,每天早上和晚上都要见证的。"

从灌木丛里涌出很多士兵,他们拥在一起看着、听着这个倒在地上的人,他们的上尉却很气愤地拿着刀走进人群。

"快用布盖住他的嘴!"上尉大叫,"他从始至终都是那么固执。我不是不人道,但是我有责任,我有一群未训练过的和列文霍普一起来的新兵,他的哀号吓坏了这些新兵。这里归我指挥,你必须服从我的命令。"

牧师卷曲的假发上有许多发黄的叶子,他向前走一步。

他说:"上尉,只有神的仆人才能在将死的人身边行使指挥权,而在这种伤痛下,他会把权柄交给将死的人自己。班吉·季汀已经入伍三年了,却从未和任何人说过一句话,这一次,没有人可以再阻止他说话。"

"我可以和谁说话呢,我的舌头就像被绑了一样,越来越迟钝。没有人关心我,没有人问我任何事,我可以几个星期不说一句话,我只需要听到并服从命令就可以了,'开拔!走过这些泥泞和雪地.'这些都不需要也没什么好回答的."流着血的军人无奈地说。

牧师拉宾尼阿斯跪在地上,把军人的手握在自己的手中。

"此时此刻,你应该说,说呀,班吉·季汀,说呀,我们所有人都聚在这里听你说话,你是这里唯一有权利说话的人。你有没有妻子或年迈的母亲,要我给你去送信?"

"从小我母亲就让我挨饿,而且还把我送到军队,从那个时候起,所有的女人都对我说同一句话:'走开!滚开,班吉·季汀,你想怎么样?'"

"那你现在有什么要忏悔的事吗?"

"我很后悔小时候没有跳进磨坊的水沟里淹死,后悔你每星期天在军团前告诫我们的时候,我没有走上前用步枪将你打倒在地。你是真的想知道我的担心和顾虑吗?你大概不会知道,马车夫和卫兵们都说,在月光下他们看见被射死的跛脚士兵聚集起来,用一只脚跳着,大喊:'妈呀!'他们称之为黑色军团。而我现在就要加入这个黑色军团了。更令我害怕的是,我要穿着染着血渍的破破烂烂的衣服被埋葬,这是我必须想的事。我并不期待能像莱文将军一样被送回家,可是在朵夫尼基殉难的战友们,国王给了他们每人一个棺木和白衬衫,为什么我不能有他们那样的待遇。在这个苦难的年头里,一个士兵死后根本没有人管,我是如此的不幸,我只想要一件让人羡慕的白衬衫而已。"

"真是不幸,我可怜的朋友。如果你相信有黑色军团,那么你会有很多的同伴:季登史托普、史波林、摩纳上校,他们都在田野上中枪而死。还有我们亲切的叶林上校,他骑马到我们军团的时候,给了每个士兵一个苹果,现在也躺在贵族骑士的墓室里了。

还有那些躺在哈罗琴草地的弟兄们，你还记得吗？我的接班人尼古拉斯·欧奔狄克，他是那样伟大的一个传道士，却在克林斯克服务的时候被杀，现在他的坟墓上已经长满了草、盖满了雪，甚至没有一个人知道他死在哪里。"

牧师把头低得更低，摸着班吉的前额，握着他的手。

"再有十分钟，最多十五分钟你就要死了，你要好好利用这一点时间，也许这几分钟抵得过三年那么长。你已经不是人世间的人了，你难道没看见你的接引者已经摘下面罩跪在你的身边了吗？快说啊！快告诉我你最后的心愿——噢，不，是你最后的命令。可是我考虑到一件事，现在军团已经因为你变得混乱不堪了，但是外面还是有人正在光荣地进拔，或者站在攻城的云梯上。你血淋淋的伤口和痛苦的哀号把这些年轻的士兵都吓坏了，但你还可以挽救这件事，因为他们只听你的话。你想想，你的这些话是要被人深深记住的，可能以后还会坐在炉子前，一边烤马铃薯一边讲给家里人听哩！"

班吉·季汀静静地躺在地上，一言不发，眼前是一片混乱。只见他轻轻地抬起手，就像是在做祈祷一样。他轻声地说："上帝啊，帮帮我！"

他打了一个手势，意思是说他只能耳语了。牧师拉宾尼阿斯于是把脸靠近他的嘴边，听他说着最后的低微的话。之后，拉宾尼阿斯指示其他士兵，只是他的声音实在太颤抖，以至于几乎没有人能够了解。

"班吉·季汀，"他说，"这是他最后的心愿，他希望你们用步枪抬着他，带他回到队里的位置——那是他执着地前往的地方。"

鼓声响起来，音乐奏起了，士兵们抬起了班吉·季汀，他的脸就靠在一个士兵的肩膀上。他们一步一步地走向敌人。他的四面是整个军团，即使没剃头的牧师拉宾尼阿斯就走在他的后面，也并没注意到他已经死了。

"我会给你盯住的！"牧师轻轻地说，"你一定会有一件白衬衫。你也知道，我们的国王也从来不觉得自己比任何一个士兵高贵，这就是他们愿意为他赴死的原因。"

第十二章　在波尔塔瓦①

这是五月份的第一天,雷恩斯克雷德元帅请吃晚饭。艾彼格林上校突然前额发热,变得非常奇怪。他用手不断地揉着面包,眼睛瞪向远方。

"大人,你能不能给我们说明一下,你为什么一定要包围波尔塔瓦市呢?"

"那是因为国王陛下想在波兰人和鞑靼人来援之前,先戏弄他们一下。"

"是这样啊,好是好,可是我们明知道这两方面的人马都不会前来了。而且欧洲大陆已经开始忘记还有我们这样一个哲学家的宫廷,和这些骑在马背上的国家官员。大臣们冲锋陷阵,宰相战死沙场,荣耀的王位架设在树枝的残根上……在帆布搭成的宫殿里,小锅煎饼和淡啤酒已经成为王室宴会上的美味佳肴。"

---

① 1709年春末,查理十二世率余军3万余人围攻俄国要塞波尔塔瓦,瑞军大败,几乎全军覆没,查理十二世身受重伤,仅率1000余人逃往奥斯曼帝国。

"国王陛下现在正在专心致志地致力于建造防御工事,并且做好了一辈子在外扎营的准备,所以我们也要有耐心才行。再说波尔塔瓦不过是个跳蚤大的要塞,我们一下子就能把它拿下。"

雷恩斯克雷德元帅突然停止了说话,放下了手中的叉子。

"波尔塔瓦城里的人是疯了吗,竟然敢公开反抗我们,保卫起他们自己来了?"

元帅匆匆忙忙走出去,跳上了马。所有的人也都站起来,听到一阵连续不断的枪声。

城墙上的俄罗斯哨兵又开始习惯性地在黑暗中叫嚣。"好面包啊!好酒啊!"在一片混乱当中,没有人注意到克林克洛克上校跑到了战壕旁边。正当上校准备进去的时候,他看见国王在野地里奔跑着,对着那些副将们大声激励。国王的手上握着军刀,这样使他跑起来时不至于显得太过滑稽。克林克洛克只好请求国王不要叫得太大声,以免引起敌人的注意。可是就在他高声提醒的时候,城墙上的士兵已经安静下来了,不再点燃城头上的火把,而是开枪射击。

火光飞过山丘和草原,倒映在激流湍急的欧尔斯克拉河上。克林克洛克上校带领的那些占波罗吉苦力,也已经带着他们的锄头和土笼开始撤退了。瑞典士兵手持宽剑,用剑面拍打着苦力们的皮大衣,但是苦力们还是犹豫着不肯回去,或者干脆躺在地上。

就这样,激烈的枪战拉开了序幕。

此时,克林克洛克和国王还有小王子一起站在一棵树的后面。上校说:"看吧,战事真是一触即发。我最后一次向陛下您建议放弃围城。冬天的时候我们为什么没有下达命令呢?那时候我们很容易就能攻下来的。但是现在呢,他们的队伍每天都在壮大,陆军也开始展开反攻。而我们的加农炮只剩下不到三十门了,并且我们的炮弹,经过多次的浸湿和晒干,射程变得越来越近了。"

"胡说!我们的炮弹能够炸烂比攻城梯更厚的木头。"

"但是这也需要我们连发几百发才行啊。"

"我们既然能够炸烂一处,就能炸烂一百处。我们的成就注定非同凡响,我们注定会得到无上的名誉和荣耀,但是现在我们要做的,就是让那些占波罗吉人明白,在这里工作并不危险。"说完之后,国王就把剑夹到肋下,走进了枪林弹雨之中。小王子紧紧跟在后面。小王子脸色苍白,看上去像是古代祭祀行列里面的一个非常愉快的年轻人。

开旷的战壕附近,竖立着两根门柱一样的木头。在国王的头上,炸开了一棵照明弹。照明弹刺眼的亮光使得敌人把他看得很清楚。小王子犹豫地斜看了国王一眼,用发抖的手摸着剑鞘。然后,他爬上了一根木头,双手垂下,站在上面;一个被叫作"莫滕传教士"的年轻少尉,则站到了一根木头上。少尉有着和动物一样的灰褐脸色,一头乌黑的头发,耳朵上挂着铜耳环。他们两个人站在那里,一动不动,像两尊天主教国家乡村地区的木雕像,像两个卫士一样站在国王的背后。此时的战争气势颇为壮观,愤怒的俄罗斯人倾泻着弩炮、野炮和步枪子弹。但是两个人都不愿意就此认输而先进入战壕,依旧暴露在那里。周围是一阵阵像是鞭子或者木棍飞舞,又像是暴风雨和风笛的嗖嗖声。与此同时,加农炮的炮弹也越落越近,碎石和泥块满天飞。炮声如电闪雷鸣,大地颤抖得如一匹吓坏的马。

士兵们大声喊着："国王在那里，他会被打死的！"他们抓着占波罗吉人，急忙向前跑去。他们甚至不得不自己去拿起铲子。但是还好，占波罗吉人又开始动手挖草皮和泥土了，这样他们才有了可以躺下去躲藏的庇护所。

国王站在熊熊燃烧的松脂下。他是将军们的独裁者，是贵族的独裁者，是士兵的亲密伙伴，是武士、国王和哲学家，是所有人的独裁者。那些冗长、黑暗的回忆使他的脚步变得沉重。他回想起被他失手杀死的爱西尔·哈德，以及少年时代的朋友克林科斯姆，也已经中枪身亡了。但他并不觉得自己失去了这两个人，只是他永远也无法忘怀他们那血淋淋的衣服。只要一听到子弹呼啸而过的声音，想起童年时那场天降大火的喧嚣，他的兴奋和愉快又在体内滋长起来，使得烦恼和失败的痛苦立刻烟消云散。在过去的时候，他已经习惯于将好战和冒险的酒一饮而尽，现在只有调制出来更烈的烈酒才能够让他心满意足。尽管对于喧嚣的胜利他已经习以为常，但是事实上现在胜利却越来越少了。他唯一能够确定的事，就是仍然在领导着那个大国，因为那个国家都会每天给他提供一百多个勇士。当不幸的时代降临的时候，每一分钟都可能成为他的最后一分钟，但是他却并不怕永逝的降临，因为光荣战死之后的长眠休息会是那样甜美。他永远相信自己的意志，也知道自己还有实现这种意志的力量，但是现在别人却不肯追随他了。一旦失败了，他就会成为全世界的笑柄，这难道是进入生命之秋的人必须接受的苦难命运和呼吸到的苦涩霜露吗？但是即使这样，他还是想证明，他就是芸芸众生当中的被拣选的例外者；如果不是的话，他宁愿像一个最寻常的士兵那样孤独死去。

此时的莫滕传教士因为太兴奋而无法一动不动地站在木头上，于是他把步枪拿下来。谁不知道莫滕传教士是神枪手，连国王见到都会拍手致意，无论是做一个步兵还是骑兵，他都前途无量。他低声嘟囔了一下，并且笑出了声，把步枪举到眼前，射击，一下子击中了最远处一棵樱桃树上的人影。中枪了的影子像鸟一样，穿过盛开的满树樱桃花，落在地上。顿时，莫滕传教士心里充满了一种猎人的兴奋，从木头上跳下来，向樱桃树跑去。

他看到一个老人躺在树下，已经中枪身亡了。旁边站着一个九岁的小女孩。

"父亲！父亲！"她说着，却一点也没哭，眼睛注视着莫滕·布里奇。"我们在找荨麻，正要回家，就——"

"噢，在回家的路上？"

"然后我们听到了枪声，父亲爬上樱桃树观望，就是那棵父亲的樱桃树。"

莫滕传教士摇着头，摘下帽子，抓着自己的头发，然后坐下。

"上帝啊！请原谅我，这个老人跟我无冤无仇。孩子，你可能不了解这个。不过我的口袋里有个金币，你拿去吧！你知道吗？孩子，我是一个猎人，一个从不出错、老而精明的猎人。以前我跟一般人一样，有自己的小屋和恋人，她经常和我争吵，和我打架，因为我从未拿起过锄头——孩子，你知道什么是锄头吗？我从不干活，只是坐在树林里听黑色松鸡唱歌。听着！一天早晨，我做出了决定，拿着步枪，带着我的狗，走向了那个世界。"

女孩拿着金币，在火光下面转了一下。他把她拉到自己的膝盖上，温柔地抚摸着她的脸颊。

"出发后的第一天,我杀了我的狗;到第二天的时候,为了感谢给我指路的森林管理员,我把步枪给了他。从那以后,我变得一无所有。"

"这个可以换成零钱吗?"女孩问。

"可以,当然可以。后来我当兵,得了一支作战用的步枪。在这种情况下,我又一次成了猎人。但是请上帝可怜我——你只要每天傍晚的时候来这里,我就会把我一半的食物配额和其他我能得到的东西给你。"

女孩注视着草地上的步枪。他站了起来,把步枪留在了原地,然后走了。

"女孩一定不知道是我开枪射死了他的父亲,而且她也永远不会知道——你这个犹大,居然夺去了一个无辜老人的生命——《圣经》上说:你们不可以杀人!你们不可以杀人!"

他用手拍着前额,步履蹒跚地走过田野。之后,他来到围坐在火旁读祈祷书的阿伯地尔骑兵团士兵中间,坐下来,跟着一起念。后来,他开始大声祷告和讲道。

"发生了什么事啊?"第二天早晨,士兵问一个来自布拉克尔的红发军中小贩,这是一个有点小精明的西高德兰人。他穿着灰色的毛衣,站在一些瓶瓶罐罐和挂着的衣服中。

"消息?昨天晚上,莫滕传教士一定是遭受到了天谴,半夜光着头跳到河里大喊大叫的。看来是要把他关到疯人院里去了。每次他得了传教狂热的时候,他就说他在外面杀了人。"

当士兵们拿到连半碗饭都不到的粮食时,他们变得异常的阴郁和沉默。

"面包还是死亡？为什么不迅速前进，现在应该还来得及，猛攻一下敌人！"

"国王正在挖沟，克林克洛克上校只能日夜陪侍着。莫滕传教士在河边讲道，最近又到处是祈祷和唱诗的声音，让人心里怪暖和的，就连元帅大人胡言乱语也不觉得奇怪了。"

傍晚的时候，莫滕传教士偷偷地走到樱桃树那里。女孩穿着淡黄色的亚麻衣服，表情很严肃，站在树下等他。

他带来了自己当天的食物配额。为了能够亲到女孩的脸，他把自己身上最后的一块小铜板（大约等于百分之一卢布）给了她。

"你的母亲还在世吗？"

女孩摇摇头。

"那你叫什么名字呢？"

"我叫唐亚。"

当他再去吻她的脸颊时，她躲开了。

当他再回到营区时，他向遇见的每个人要小铜板。

"无论局势有多么危险，我都会照顾她。她就像一个小公主。我每月都会从薪水中拿出一点钱存起来，为了让她结婚时有点嫁妆。为什么她就不应该结婚呢？不过，我必须说明一下，我是有家室的人了，在大载货马车上就有个情人哩！但是一定不要把我看作一个凶手，而小公主呢，是一定会结婚的。"

他有一份《保罗书信》手抄本[①]，围坐在一起的时候，他会大

[①] 使徒保罗所写的信，共有十三封，对基督教教义进行了阐述，后列入《新约》。

声念给阿伯地尔骑兵团的人听。

春天里的植物如同火焰一样漫山遍野燃烧起来，一直延伸到黄色欧尔斯克拉河的岸畔。可是士兵们只会注视着树林中闪闪发亮的波尔达维市。他们看到了白色的城墙、木头尖塔、木桩栅栏，以及堆砌的青年、老人、女人和孩子们精心制作、装满泥土的沙包。战壕内外布满了沙包、马车、树枝和障碍物。

"有什么事要发生吗？他们是不是永远都不会让我们与敌人决一死战？"士兵问。

"敌人干脆仁慈一点，打过来算了。"小贩答道，同时用毛巾擦了擦前额，"晚上的时候，我听到他在转动着火炮模型，但是战略图上密密麻麻的炮火已不再是瑞典军队的，因为我们除了占波罗吉人在阵地上捡来的炮弹外，一颗炮弹也没有了。那些炮火是河对岸的沙皇军队发的。"

拉吉克罗那大将军不停地踢着马刺，喊着国王的脚受伤了。在国王的担架旁边，元帅大人指点着，说敌人已开始攻击拜搭斯卡村的七个角面堡了。

"有什么新消息吗？"每天都会有士兵围着军中小贩这样问。

"如果没有人知道什么消息，那就好了，因为没有消息就是最好的消息。"小贩回答，并用勺子指着车子周围美丽的青葱景色。"国王得了坏疽病。而且白兰地和面包都没有了，今天我只分到了一点粥，但是以后可就什么都没有了。敌人已经困住了我们，后路也被切断了！啊，魔鬼，魔鬼，也只有瑞典人才可以忍受这种苦日子。"

他狠狠地踩着草皮，把勺子举到眼前，像个刺客一样，瞄准了国王的倾斜小屋。可是旁边的士兵们,垂下了被风霜染白的头颅,也低下了绝望的眼睛。

五月过去了,六月的炙热烘烤着营帐。坐成一排的士兵们正在绑仲夏花柱的花环,但是没有一个人说话。他们都在静静地想着家乡的牧场小屋和宽阔的猎场。

星期日的这天,在晚祷开始前的一会儿,莫滕传教士偷偷溜到小树丛里。唐亚为了得到几枚小铜板,摘了一篮子最早的半熟草莓给他。他们两个一起吃。他拍着她的手,和她玩游戏,像对待孩子一样地背着她,但是他还是没有看到她的笑容。当给她最后一枚小铜板时,他被允许亲她的脸颊三次。

他回到营里的时候,营里很是吵闹,军官正在检查士兵的装备。士兵的剑磨损得非常厉害,看起来就像坏镰刀。布拉克尔的军中小贩把锅子都叠在一起。国王做出了打仗的决定。

在国王窗户外多草的河岸上,将军和上校都已经坐在那里,等候领取他们的派遣令和书面指示。列文霍普坐在那里忧愁地睁着大眼睛,在大衣的扣子中间,一本拉丁的袖珍字典插在那里。英勇的克鲁斯两手交叉握着剑柄,史巴和拉吉克罗那两人大声交谈着。吉林克罗那趴在桌旁的军事模型图上,看起来十分专注,以至于一点也没有注意到别人,只关注着心爱的军事模型上渐渐滑落的沙子。被挤在门后边的是脾气最坏的元帅大人,他高挺的甚至有点朝天的鼻子就好像一张噘起的紫红色的女孩子的嘴巴。

傍晚时分,军队在卷起的军旗和没有军乐的情况下开始行进。国王的担架停在禁卫前面的树丛里。远处传来敌人敲打木桩栅栏的声音,就好像是在架设绞刑架。一直骄傲非凡的查理王的人马,现在却只有四次交战的子弹和弹药了。他们越来越能够清晰地听到那个敲打声，在这种恐惧下，许多士兵都想用金币买口白兰地喝，以压下自己惊跳不已的心。残月升上来的时候，士兵们给马上好了马鞍，拿着步枪或气枪，随军牧师开始分发圣体，士兵们发出喃喃低语的祈祷声。随军牧师的左手在黑暗中摸索，把圣体放入这些跪在地上的士兵嘴里。在国王的担架周围，除了国王插在地上的剑之外，还有许多躺在斗篷里休息的将军。拍柏背靠着树坐着。为了驱除心里阴沉忧郁的思绪，也为了逃避现实，他们开始与国王展开哲学式的讨论。国王坐在他们中间，像学校的老师一样指导着这些迷失者。直至后来，诚实的拉丁学者列文霍普上校开始朗诵罗马诗歌。

上校停下朗诵，从侍从手上拿起一支燃烧的火把，照亮国王。国王的头已斜向一边。拍柏和所有将军站起来，呆呆地看着眼前的这一幅美好的睡眠者的景象，忘记了仇恨。国王把帽子放在膝上，因受伤而包扎过的腿上盖着床单。在他憔悴、发烧的面容上，饱经风霜的鼻子和面颊好像比从前更小了，却更显冷酷和坚决。潮湿而又泛黄的面孔有了未老先衰的影子。他扭曲着一张脸，咬着嘴唇，像在做梦一般。

在查理国王的梦里，他看到了无数正在偷偷发笑的人，他们手掩着脸，匆匆地从他面前走过，生怕被看出是在嘲笑他。有时候，他们变成淡绿或闪亮的蓝色，像点燃的灯笼一样。最后，在一个炎热的日子里，一个高大的穿着全黑绸丝华丽衣服的人走过来，"滚蛋！你这个秃头、跛腿的瑞典人，"那个人骑在马上，对他大叫大笑，"三百年前，成吉思汗铁木真的战士在这里击败了西方的联军。

现在面对我的如大海一样的大军,你那寡不敌众的军团和四台大炮,又能如何?我的军队里虽然充斥着小偷和异教徒,在我眼里,他们连一根钉子都比不上,但是我偏偏是善于利用钉子的人。今天我站在这里就像当初我在萨尔丹①一样,正在建造一条大船,而这条大船注定要驶向未来的几个世纪,而以后将会有千百万人纪念我的功绩。"

查理国王想反驳,却发现自己的舌头已经麻痹了。

光着头的列文霍普跪下来,碰了下国王的肩臂:"我最高贵的主人,黎明已经来临,我祈求上帝保佑您。"

早晨的光在树干间燃烧,国王睁开了眼睛,猛然抓起手边的剑。当看到自己周围是那位留着胡子且具有骑士风格的诺尔伯格牧师和侍卫们时,他的表情才缓和起来。当然他仍是冷峻的,只是友善地点点头——梦依旧缠绕在他的心头,而他以为别人一定也知道他的梦了。

"到底什么才是帝国?"国王说,"难道只凭借战争和协议来开拓国土,在遥远的土地上拥有无限的森林,增加了自己向外延伸的财产,这就算是建立了一个帝国吗?沙皇呀!尽管你有领导千万人的能力,却没有驾驭自己的力量。终有一天,上帝会让人不再关心国家,而是个人的成就。如果我征服你,你的船将被烧成灰烬,但如果你杀死我或者杀光我的人马,也不过是帮助我成就我的胜利而已。"

---

①荷兰城市。1687年彼得大帝到西欧考察时,曾经掩盖姓名,扮成一个工匠在此学习造船。后被人识别,转往阿姆斯特丹。这里仍然有他当初工作过的小屋,已经被辟为纪念博物馆。

列文霍普使劲抓着克鲁斯的手臂，对他说出心中的忧愁："兄弟啊！我老有一种很不祥的预感，我们还能有机会自由自在地站在天空下吗？你听一下元帅大人是怎样诅咒乌克兰达人的，连克林克洛克也不想前去接受命令，你也在害怕。你看一下拍柏在我们后面那副趾高气扬的神情。"

"瑞典人从来都不把别人放在眼里，他们总有一天会因为这个原因而被杀掉的，人们也不会去纪念他们。我们的子孙后代也一定会遇到同样的事情，而今天只是一个开头而已。"

"愿上帝原谅你，你见过比瑞典这个民族更能彰显神的胜利的吗？你见过别的民族能像瑞典那样从专制大国当中那样夺取自由的吗？只是国王现在病得太厉害，不能再带领他们前进罢了，即使他把自己假装得还很像年轻的骑士。他出生在上天赐予的不安之中，可是现在——"

"现在怎样？"

"现在他正处于未知的、压倒性的幻觉中。上帝抛弃了他，真正的'不安'快要来临了。"

列文霍普戴上了帽子，然后拔出了剑，转过头对克鲁斯小声说："像我这种一心只想着升官发财的人，还有整天都会带着指南针盒子和战场模型的克林克洛克，从来都不会真正理解国王的。只有你和你的属下们，才能够从这种狂热盲目的服从当中获得坚定的信仰。希望我们今天能够顺利完成他的任务，而且我现在相信，在今晚能够存活下来的人将永远仰慕那些得到永生的兄弟！"

骑兵们跳上了马，列文霍普向他的步兵们走去。在黎明的光辉下，他们来到了他们想象过无数次的大原野。整片的原野都被烧得焦黑，只剩下一片片灰烬，看不到草和花，只有一丛丛的树木，最后也都消失在广大无垠的西伯利亚大草原里。地势非常平坦，加农炮的牵引车可以任意进退。

俄罗斯角面堡前的一位穿着红衣的骑士，打响了手枪，敌人的角面堡里立刻传来阵阵鼓声，数不清的军队、士兵、战旗、弩炮和火炮一涌而出。这边，瑞典人也用军乐大声地回应着。

顽强勇敢的爱西尔·史巴和卡尔·哥斯塔夫·鲁斯带领着士兵冲杀过去，对敌人的角面堡展开了猛烈进攻。战马大口地喘着气，马辔互相撞击着，场上刀枪混杂，树林中烟尘滚滚，给绿色的树叶蒙上了一层厚厚的灰尘。

国王看到史巴这边占了优势，便带着左翼的士兵前来支援。角面堡攻了下来，敌人的骑兵逃往欧尔斯克拉多泥沼草原。另一边，列文霍普也带着他的军队攻占了两个角堡垒，转过头来从敌人的南面发起进攻。俄军大本营受到冲击，陷入混乱当中。俄罗斯女人开始往载货马车上套马，但是沙皇皇后依旧站在纱布和水壶的中间，站在那些伤员的旁边。沙皇皇后是一个大胸脯的女人，高高的个子，前额和脸颊涂了浓厚的胭脂，以一种十分傲慢的姿态静静地站在那里。

这时候，将军们开始在国王的担架前集合。国王的担架一直跟在高特兰骑兵团的后面，现在停放在一个沼泽地里。国王发出原地休息的命令，所有人都以鞠躬、脱帽的方式来祝贺国王，也预祝取得更大的胜利。高高瘦瘦的韩特曼正在拿着一个高脚杯接水，国王说："鲁斯将军被围困了，不过元帅大人已经做了安排，拉吉克罗那和史巴前去解救了，所以他们很快就会回来的。"

军队在原地等待了一会儿。史巴回来了，身上满是血迹，说敌人太多，没有攻过去。军官们似乎一时之间失去了主张，带领军队忽前忽后，忽左忽右，不知道要带到何处去，在这段时间里，俄罗斯人的士气又回来了。突然，列文霍普开始了行动，带着步兵冲到克鲁斯骑兵营准备出发的树林前面，准备迎战。但是这个命令到底是谁发出的，没有人知道，被气疯了的元帅大人疾驰到国王那里。

"国王陛下，是你让列文霍普带着步兵前去接战的吗？"

元帅毫不客气的语气让国王好像又回到了梦里，好像在一片黑暗中点亮了一个个充满恶意的灯笼。他发现他最亲近、最喜爱的人都在用焦急而冷峻的眼光注视着自己。

"不，我没有。"国王脱口而出，可他的脸却马上红了起来，所有人都看出他在撒谎。愤怒而暴躁的元帅对国王失去了最后一点尊敬和信任，把几个月来堆积在心里的轻蔑和绝望全部大声发泄了出来。一直以诚实著称的国王此时被羞辱成了一个可怜的士兵。国王焦急地想为自己辩解，但是除了粗鲁的搪塞他几乎做不了什么，因此注定难堪的时刻来临了。雷恩斯克雷德又沉思了一会儿，终于不能自控了，心中燃起了报复、惩罚和羞辱的火焰。他不能相信国王的鬼话，在激怒之下他口出不逊：

"就是这样！你永远都是这样自作主张，这次你能不能让我做一次决定！"元帅在马上大叫着。

然后他调转了马头，背对着国王。

国王坐在担架上，面无血色。

他在所有士兵面前被羞辱了。他本来就不喜欢也不擅长解释和争辩，他觉得越是解释就只会越让自己变得耻辱，比丢了王冠更令人耻辱。这让他变得更加可怜。他很想站起来，跳上马，带着那些上天挑选出来的仍然相信他的人冲出去，可是疼痛的双腿和极度的劳累让他无法动弹，他的脸也因为发烧而发热。他的手开始颤抖，连剑都无法高举。

"快把担架抬到前线去，快呀！"他大声叫喊。

"可是骑兵还没有出发呢。"克林克洛克说，"难道我们现在就要开战吗？"

"可是步兵已经出发了，和敌人要接火了。"国王慌乱地回答。

克林克洛克和国王告别，叮嘱国王保重，然后翻身上马，带领着侍卫队向前奔去，射出了第一排连发子弹。

战斗一触即发。一瞬间，枪声、号角、管乐、鼓声和骑兵铜鼓统统爆发出来。"上帝与我们同在，愿上帝保佑我们！"士兵们向前方的老战友和近亲们奔去。过去，他们曾一起愉快地相聚在家乡的结婚典礼和施洗礼上，现在只有那么一丁点的时间，能够在擦肩而过的当口，做最后的告别。上尉、上校、上士们争先恐后，奋不顾身。但是，很快士兵们的子弹都用完了。敢死队的勇士们就把步枪扛在肩膀上，迎着敌人的枪口冲上去，用手抓住他们的刺刀。所有的参战者浑身都是灰尘和尘埃，很难分辨出敌军绿色的制服和我方的蓝色制服，以至于常常一个瑞典人用枪托打倒了另外一个瑞典人。克斯骑兵团的旗手魁克斐特中了一枪，从马上掉落下来，还紧紧地把旗子握在胸前。莱德博格上尉的父亲上午刚刚在国王的担架边倒下，现在又轮到他和敌人肉搏了。耐兰军团的托斯坦逊上校牺牲了，克林博格上校背后中弹。斯干地德国军团的贺恩上尉右腿已严重受伤，落在了军团的后面，在草丛中跋涉前行，忠实的仆人在旁边扶住他，并擦拭着他额头上的汗水。波·文德堡骑士手上拿着残余的军旗碎片，坐在马上死了，保利上校还以为他只是受了伤，要把水壶递给他。在史维史巴上校的尸体旁边，杜克罗上尉正用他最后的一点力气保护军旗，直至自己倒地死亡。一半的低级军官倒地牺牲，还有一半也负伤倒在地上，成为死去的英雄的见证。翰克宾军团冲到了距离角面堡最近的地方，在上校以及奥克斯上尉倒在血泊之后，摩勒少尉掌握了指挥权。就在不远的地方，太格史欧德上士趴在地上，手肘支撑着地面，双手抱头，身上有着五处伤口。整个瑞典军团，能够继续与敌人作战的人数不超过原来人数的四分之一。

这个时候，元帅骑着马过来了，对摩勒很不高兴地大声喊道："真是见鬼，你们军团的军官都到哪里去了？"

"有一些受伤倒地，有一些已经牺牲了。"摩勒回答。

"那你怎么没有和他们一起死呢？"

"因为我母亲的诚心祈祷，因此上帝对我格外眷顾，也使我拥有了指挥军队的荣耀。我一定不负使命，即使战斗到最后，也不退缩。兄弟们，站起来，冲啊！"

兰格尔上校已经身亡了，他的尸体几乎分辨不出来，但是他的部下还想把他扶起来。幽夫史巴上校手按着胸部，在西高特兰人的面前倒下。勇敢的史文·拉吉堡上尉，背部中枪，跌下了马，但是残忍的敌人还想在他的身上肆意践踏。他只听得到马叫声和炮车轰隆隆的声音，在一群僵硬的尸体和受伤的士兵中被践踏，被灰尘和污泥所掩盖，直到有一位受伤的骑兵把他拉上了马，同情地带着他向马车走去。

万众瞩目的军旗已被射成了烂布,但仍然在人群上空飞舞着;当将士们一个个死去,破碎的军旗依旧猎猎作响。奥波兰军团的士兵大多是来自于古代玛拉达尔地区的史维亚人,来自于瑞典的心脏,但是随着苹果十字军旗的倒下,这个军团已经全军覆没了。在哥萨克士兵的军刀下,史吉贺克上校倒在了地上,四肢伸得很直,在临死的时候,他痛苦地说:"父啊,成了。"①丰·波斯特上校和安拉普上尉肩并肩地躺在地上,格宾堡、由汉姆上尉以及艾森上校,还有像男孩子一样瘦的上士摩莱吉尔、克林克和杜宾,都在剧烈的痛苦中死去了。"兄弟们,要撑下去。"将士们大叫着,然后一个一个倒下去。他们的尸体和破烂的衣服、草地、石沙构成了一个大土丘,仿佛一座快速建造起来的掩体,庇护着尚且存活的战友们。密密麻麻的葡萄霰弹、步枪子弹、投弹和爆炸的霰弹筒在耳边呼啸而过,子弹和弹片射入到生者和死者的身体里。爆炸之后的粉尘弥漫,甚至不能看清对面一匹马。

之后,军心开始动荡不安。列文霍普拔出手枪,对着他的士兵们,激励士兵也是激励自己:"撑下去啊,弟兄们,以上帝的名义!我看到国王了。""如果国王在这里,我们一定能撑下去,"士兵们答道,"上帝与我们同在,撑下去啊!"士兵们对自己大叫着,好像大叫能让他们停止流血,能让他们的四肢不再颤抖。可是慢慢地,他们还是败退了。骑士们手持缰绳,脸上、手上都是满满的伤痕,边退边跌下马去,接二连三地,互相踩踏。但是此时,他们看到

---

① 耶稣临死之前说:"成了。"见《约翰福音》十九章三十节。

了升腾的硝烟下的国王。国王用手肘撑着身体，受伤的腿搭在破破烂烂的担架上。他身边的侍卫和抬担架的人正在不断地倒下去。国王冷峻的脸上布满了灰尘，可他的眼睛仍是闪闪发亮，大叫着："瑞典人！瑞典人！"

本来正在后退的队伍听到他的声音后，立刻停止了脚步。这个声音就是拯救。现在他们只能前进，不能后退，如若不然，他们临死之前的脑海中，一定还会回想着国王那怯弱又孤独的声音。国王没有力气再支撑自己坐起身了，士兵们就用他们的矛把国王架了起来。支撑起国王的士兵一个一个地倒下去，但是即使这样，仍然永不屈服，手臂依旧高擎，不让他们的国王摔下来。乌尔回特上尉刚刚把国王拉上马，就看到哥萨克人从后面追了上来。国王的腿放在马脖子上，血流不止，绷带拖到了地上，红得耀眼。敌人城堡里射出的炮弹击中了马的一条腿，乌尔回特上尉立刻将国王扶上了自己的战马。至于他自己呢，身受重伤，骑在那匹三条腿而且还流着血的马身上。国王身边的士兵，眼看就不能抵挡住敌人的进攻了。

这时，克林克洛克急忙奔到原野上，召集那些分散的士兵，士兵们却回答："我们的长官都死了，我们也受了很严重的伤。"然后，克林克洛克碰到了元帅。自从那次元帅当众羞辱国王后，他便再也不听从他的指挥了。

克林克洛克用不敬的口气和防卫的姿态叫道："元帅大人！你难道听不出子弹齐发的声音就集中在我们的左边吗？这里有这么多骑兵，你应该尽快命令他们前去支援。"

"他们都疯了，不肯听我的命令，只会用屁股来回答我。"元帅愤怒地答道，然后便向左方疾驰而去了。同时，克林克洛克看到拍柏和他手下的人马向右方疾驰而去。在两者交错而过的时候，他们之间有对话吗？无论他怎么高喊，他们都不肯回头，不会回答。克林克洛克一拳搞在马鞍边上，现在他突然明白了，大家现在都已经没了耐心，只求能够尽快地结束战争，无论是死掉还是被俘。

他的身后再也不是原野，而是凭空生长出来的无数树木。这些树木的树干是人，树枝则是他们的武器。树林慢慢扩大，渐渐地遍布眼前；树林快速推进，杀戮所遇到的每一个濒死之人。这是沙皇的收复失地的队伍，是沙皇把他的帝国推入历史的队伍。队伍越来越近，沉闷的、令人不安的宗教诗歌响了起来，看上去就像是送葬的行列。在这几千几万人的头顶之上，在他们手捧的俄罗斯正教的香炉之上，出现了一面巨大的军旗。旗上绘制着沙皇的家族树，围绕着的圣人，最上方则是沙皇的画像。

溃散的瑞典兵聚集在国王的马车旁，四周还有一些贵族侍卫和军团守卫。国王绑好了受伤的腿，掸掉了身上的灰尘。现在他已经置身在一辆蓝色的马车里，身边是受伤的哈德上校。

"安德斐德大臣呢？"

"他被敌人的加农炮击中，死在您的担架旁了。"周围的士兵回答。

这个时候，黛尔克尔林的军团也溃败下来，混乱不堪地从旁边经过。

国王问黛尔克尔林军团："西格格罗斯上校和史文哈夫特上尉在哪里？乐观积极的德拉克又在哪里呢？人们说，仅仅凭借他们在敌人堡垒前面的英勇战斗，就值得让我奖赏给他们一个军团。"

"他们死了，全部牺牲了！"

"那小王子、拍柏和元帅他们呢？"

周围的人你看着我，我看着你，都不知道是否应该告诉他实情。难道他们在这个审判的日子里，还必须让他承受如此大的打击吗？就像他们是否应该告诉他，他深爱的姐姐海德薇格·索菲亚已经死去半年了，尸体躺在棺材里面，现在还没有埋葬。没有人敢这样做。

"他们被俘虏了。"终于，士兵们极不情愿地回答道。

"被掳？是被莫斯科人掳去的吗？我倒宁愿他们是被土耳其人掳去的。那么，好吧，我们继续前进！"国王的脸色苍白，但是嘴角还是带着那种一成不变的微笑，平静，甚至带有些许胜利口吻地说。

看到这个，黛尔克尔林军团里的一位老兵小声说："我从来没有见过我们的国王像今天一样的年轻和快乐。这就是他在纳尔瓦胜利之后，和斯坦博克骑在马上时，脸上常常出现的笑容。那是他人生中胜利的一天。"

队伍继续前行。在杂乱的、溃败的、高傲的但是衣衫褴褛的军队前面，就是查理国王的人马。他的人马虽然混杂着一些护工老太婆、痛苦呻吟的跛子和跛腿的马，但在这飞舞的军旗下，在回荡的音乐中，他们如同凯旋。

两点左右，齐发的子弹全都打光了，战场上一片死寂。马泽帕的最后一名哥萨克人和无数的占波罗吉人被活活地钉在木桩上，田庄和磨坊都被烧成灰烬，到处是散乱的树枝。殉国的战士长眠在尘土和灰烬中,却从另一个世界睁大着双眼看着这些存活下来的人。有几个被俘虏了的牧师和士兵在四处寻找他们的战友,他们有时会打开一个窄仄的坟墓,用家乡的方言为这些死去的同胞做着祷告。他们的声音在六月的黄昏里飘荡。坟墓重新掩埋之后,就要任荒草在上面生长了。几百年后,那些死者的灵魂仍旧在阴沉的大草原的风中飘荡和哀号。俄国人就把这里称为"瑞典人的墓地"。

一个神父看见了魏滋尔和他两个儿子的尸体。他从旁边捡起一页祈祷书封面,封面上还绘制着魏滋尔家族的纹章。

"你是家族剩下的最后一个人了。有多少家族消失在这片原野上,季儿家族、西吉罗斯家族、曼那斯瓦德家族、罗森史克德家族、丰·伯吉家族。就像我手中这被撕碎的封面一样,抛洒到空中,永远不见。我也是这即将消失的家族中的一员啊,愿我已经去世的祖先们能保佑你们。"

城堡的附近是当时战争最激烈的地方,所以那里尸横遍野。空气中弥漫着一股浓烈的尸臭味,到处都是不祥的乌鸦。寂静的黑夜来临,这个坟墓大原野立刻被庄严所笼盖。一些奄奄一息的可怜的士兵希望敌人能够仁慈一点,干脆一刀杀死自己,要不然他们就只好拖着沉重残缺的身体到那些死马旁边,拔出手枪结束自己的生命。一个精神几近崩溃的士兵背诵着《圣经》里的话,感激上帝赐给自己光荣的重创。他为身边的战友和自己念诵了祈祷文,然后三次把泥土抹在自己的胸前:"来自尘土,归于尘土。"最后,他大声唱着丧歌。在星空的照耀下,有二三十个人开始应和。

莫滕传教士在草原上踽踽独行,并不以周围的尸体为意。在骑士们都沉默了之后,他仍继续吟诵着圣诗。不久之后,他看到一个手拿火炬的老妇人,后面跟随着一队推车的车夫。推车上满载着衣服和各种掠夺过来的东西。一个倒在地上的旗手,奄奄一息,垂死挣扎,双手保护着脖颈上的十字架项链不被抢走。他们就用干草叉子把他叉死了。

莫滕传教士一下子跳了起来:"你们不能杀人!不能杀人!"当他在这些掠夺财物的人中,认出了他的小公主——才九岁的唐亚时,他的整个脸都变了。他向她伸出手,像父亲望着女儿,又像情人望着他的爱人。她瞪了他一眼,突然开始傻笑。

"他就是那个邪恶的瑞典人,"她叫嚷着,"他每次给我钱,要么是为了让我给他摘草莓,要么是为了亲我的脸。"

她猛地跳到他的身上,狠狠地扯下他的耳环。两行血从他的耳根沿着脸颊流下。他后退了几步,但女人们开始殴打他。她们把他的《保罗书信》手抄本撕烂,书的碎片就像家禽的被拔下的羽毛一样飞满天空。接着,她们又像要撕扯下家禽的翅膀一样,扯下他的鞋子、袜子。可是当他看到小唐亚手中的干草叉子时,他心中燃烧起愤怒的力量。他挣脱了她们,只穿着衬衫从死尸堆中逃走了。

"这难道就是一颗诚实的心应得的下场?"他自言自语道,然后爬上了一匹在黑夜里向他走来的马,"上帝已经放弃我们了,这就是审判。一切都完了,世界陷入黑暗了。"

他在马上骑了两天两夜,在路上就向那些蹒跚的伤员打听方向。后来,他在维斯克拉和黛尼拍之间的半岛上发现了溃逃的瑞典士兵。这个半岛像一个湖,两岸是密密麻麻的芦苇、灌木和树丛。

俄罗斯人在陆地的另一边追赶他们，但是当俄罗斯士兵看到身上满是血迹、骑着没有马鞍的马的莫腾传教士时，恐惧地躲到了一边，一直等他走过去以后才敢放枪。

阳光炙热如火，受伤和得了斑疹、伤寒等露营病的士兵只得躺在水边。将军们站着聊天，列文霍普忧伤地对着克鲁斯诉说。

"如果我们的国王被敌人掳去了，瑞典人倾家荡产也会把国王给赎回来，这是我们的责任和义务。战争就像是一盘棋，只有王被吃掉才能定输赢。我曾经跪求他过河逃命，可他却毫不犹豫地把我推开，说自己还有重要的事情要思考。"

"亲爱的弟兄们，你们不能像普通人一样和国王说话，在国王面前，要拿出一个被拣选出来的、要证明自己的男子气概的年轻人的样子。"

克鲁斯向国王的马车走去。他手中抽打着的手套几乎碰到了国王的前额。但是一看到国王发亮的眼睛，他马上拘谨起来。

"国王陛下在担心什么呢？"

"我现在还不能写下我的遗嘱，这就是我正在考虑的。但是我倒希望我能写下遗嘱，安排好王位的继承。然后，我们就转过身去，痛痛快快地再打一仗！如果我死在这片大草原，那就像对待最普通的士兵一样，让我穿着我的白衬衫，把我埋葬在我战死的地方。"

克鲁斯还在摆弄着他的手套，和别人一样温驯地低着头。

"我最尊贵的主人，我也不怕死，因此我是能够理解一个英雄的愿望的。如果国王您要迎着敌人的子弹冲上去……我以基督的名义发誓，那没有问题，但是现在陛下您并不是英姿飒爽地坐在马上，而是需要别人抬着。当我们一个个死去的时候，那么最后就只剩您一个人——作为囚犯。"

"我们一个瑞典人可以对付五个俄国佬，不，可以对付全部。"

"是的，是的！但是，我怎么才能说明白呢？——我们这些普通的士兵是不具备这样的力量的。一个人对付全部？这就相当于一个人对抗整个世界。这需要他有着很不同寻常的禀赋，而我们呢，除了手中的军刀之外，简直没有什么可以保护自己的。这就是实际情况，我已经跟您说清楚了。因此，我请求陛下您不要过河，和我们留在一起。因为，一旦您过河之后，我们不在您的身边，您就只能一个人去对付整个世界。那么您就会成为一个把整支军队留在俄罗斯的亚历山大大帝。就连俄罗斯人都会痛骂您没有良心，因为你把从萨克森带来的银盘和钱袋都带走了，一点都没有给他们留下。是的，是的，我们这些忠诚的瑞典子民，是不允许自己的国王到河的那边去一个人对付整个世界的。这是连元帅大人、拍柏首相和列文霍普都不会犯下的愚蠢错误啊。而愚蠢从来就不能够理解什么叫作不幸。陛下您希望自己能够战死沙场，那很好，我们这些战争的老狗也都会战死，那无所谓，是死得其所，但是全瑞典人民的骄傲就会在那一瞬间熄灭，这是瑞典人绝不允许的。不过，事实上，我们的人马现在也根本没有办法过河。没有舢板，没有长钉子，没有足够的木头，甚至没有木匠。我请求陛下不要过河，和我们留在一起，而不是过河之后，单身一人，与世界为敌。"

"准备船只！"国王下了命令。

那个勇敢的土地的主人——马泽帕，已经带着他的箱子和两袋金币坐在了水中的马车上。占波罗吉人和士兵把衣服绑在背上，把马车盖和树枝夹在腋下，纷纷跳进了水里。半夜的时候，国王的马车也架在了两条绑在一起的船上。克林克洛克不能说服列文霍普，只好把战争计划和模型都交给他。星空繁炽，寂静无声。军队消失在闪闪发光的河面上。

"我们再也不能看到他了。"克鲁斯对列文霍普喃喃地说，"他的眼睛在刚才是多么亮啊，正说明油灯里面还有足够的灯油。但是我对他的前途感到十分好奇，不知道他在被掳、被人愚弄或是年老的时候会是什么样子的。"

列文霍普答道："他把自己亲手编造的花环，戴到瑞典人的头上了。花环会永远地在这草原上被人遗忘的坟墓里，永垂不朽。我们感激他为我们做的一切。"

在黑暗的深处，传来莫滕传教士的声音，分外悲惨："乔纳这样说：'是上天让我成为别人的笑柄，他们把唾沫吐到我的脸上。忧虑使得我的眼睛发昏，我的身体就如同一道影子一样虚浮不定……腐烂是我的父亲，蠕虫是我的母亲、姐妹。似这般，还有什么希望？而我所希望的，又有谁能看得到？待我在尘土中安息的那一日，希望必定在地狱的门槛上重新生长。'"

天亮了，莫滕传教士穿着染血的衬衫，骑着马从一群人走到另一群人那里，考问他们一些《圣经》知识和教理问答。国王的空帐篷前面，站着一群沉默的士兵。当他们得知了投降的消息之后，不禁号啕大哭。当被太阳炙烤成棕色的、像布尔人一样的俄罗斯将军从山上骑马下来，来接受投降和战利品时，莫滕传教士扭了扭双手，从马上跳下来。

戴着铜头盔、手持铜矛的哥萨克兵，在疲倦不堪的战马上，围绕成一个圈。圈子中是曾经响遍军团的铜鼓、大鼓、号角，以及瑞典人在和母亲、妻子、儿子道别时刻挥舞的国旗。这个时刻，家里应该正燃烧着熊熊的炉火。沉郁的老兵们相互拥抱着哭泣。有些人解开了伤口上的绷带，任凭鲜血流淌出来。陪着他们出生入死的刀剑，被放在了征服者的脚下。瑞典人一语不发，表情狰狞，跛着脚走着。他们年轻的面孔，已经饱尝沧桑，有一些人还没有了鼻子或者耳朵，如同行尸走肉。还未完全成人的拍柏上士失去了脚，撑着拐杖。大臣根特斐德走了过来。他没有了双手，弄到了一双法国人的木制手。木手又黑又亮，上上下下磨蹭着他的大衣。木腿、拐杖和担架及救护马车，混合起来，发出一片轧轧的声音。

莫滕传教士紧握着双手。他看到一片火光，心中充满喧嚣和悲哀。传教的热情又笼罩在他的心头，很快他就听到了自己布道的声音。刚开始，他的声音哽咽着，有点嘶哑，慢慢地，声音越来越大。他自己好像变成了火焰，就在这布道的声音的疾风当中上升、飞扬。他摇晃地走到那些放在地上的枪械前面，指着国王的空营帐大声说：

"他，才是真正的罪人。你们这些做母亲或者是已经成为寡妇的人，快穿上你们的丧服，把挂在墙上的画像反过来，也不要让你们的孩子再提到这个人的名字！小唐亚啊！当你很快就可以和你的伙伴在坟墓上面采摘鲜花的时候，不要忘记用骷髅和马头为他竖立纪念碑；而你们，跛了脚的兄弟，用你们的拐杖敲着这空洞的地面，让他在到达地下的时候，可以看见成千上万为他死去的瑞典人——他们都在等着他！但是我知道，如果有一天最后的审判到来，我们还是会撑着木制腿，拄着我们的拐杖去为他求情：'上帝啊，请原谅他！我们爱他，所以胜利；我们爱他，所以毁灭！'"

没有一个人回答。他们都弯着腰，像商量好了一样默不作声。他越来越绝望，用手掩盖住瘦骨嶙峋的脸。

"上帝啊，请告诉我，他还没死，他还活着。说啊！"他大喊。

根特斐德用木手举起帽子，回答说："国王得救了。"

莫滕传教士跪了下来。他浑身颤抖，好不容易才恢复平静。

"赞美万王之王！"他结结巴巴地说，"如果国王得救，我愿承受所有苦难。"

"赞美万王之王！"瑞典人都摘下帽子，异口同声地称颂。

第十三章　看啊！我的孩子！

下士安德斯·哥诺堡手拿着水壶，站在撒拉逊异教徒①的石楠花上。他的周边是最后溃败的瑞典军团和占波罗吉人，步履蹒跚地行进着。马车上躺着在波尔达维市受伤的士兵。整个夜晚和早晨，安德斯·哥诺堡一直忍着口渴的痛苦，只为能够省下那一点点水，而现在他已经无法忍受了，可每一次把水壶拿到嘴边的时候，他又放了下来。

"上帝啊！"他嘟囔着说，"为什么别人都在口渴的时候，我却要喝水？如果是您把我们带入荒原和西伯利亚大草原的，那您应该说：'我把你们从那个赤贫冰冻的国家带到这里，是为了让你们接受作为英雄和征服者的欢呼。但是，在这个过程当中我看到了你们的心，仍旧纯洁无瑕，依然是我最好的子民，因此我更改了主意，我把你们的衣服撕烂，把拐杖放在你们的手中，把木腿装在你们的身上，这样，你们便不再向往成为统治别人的人，而

---

① 奥斯曼帝国的阿拉伯人。

是只想加入我的朝圣者的队伍,这就是我带给你们的荣耀。'"

这一次,安德斯·哥诺堡把水壶放在嘴边,比上一次更久。之后,他走到国王面前,把水壶递给他。国王正发着高烧,躺在铺着许多干草的马车上。他的嘴唇和牙齿都粘在一起了,张开嘴时,血就流了出来。

"我不需要,把水给那些受伤的士兵吧,我先前才喝了一杯。"国王低声说。

安德斯·哥诺堡心里很清楚,国王并没有喝水。他是唯一看得更加长远,把水省下来的人。他们在这一路上,没有找到过任何泉水和沼泽。当他离开国王的马车的时候,懦弱和诱惑再一次让他屈服。他又把水壶挂在腰间,继续往前走,并没有把水给那些受伤的士兵。他不停地摩挲着水壶的木塞子,和自己的欲望作抗争,但每一次把水放到嘴边的时候,就又放下去,没有喝水的勇气。

他想:"可能,这是我的良心不安的原因。因此,我要去做一些更卑微的事情,作为我能够喝水的一种良心上的补偿。"

到了中午,太阳炙烤着大地,一个几乎全裸的副官出现在他的面前,受伤的肩膀没有包扎。他把自己的衬衫撕成布条,为那个副官包扎,还把大衣披在他身上。但是他的良心还是无法使其安心喝水,他又把靴子给了一个生病的年轻车夫,自己光着的跛腿则在流血。但他依旧没有办法在这些口渴难耐的人面前喝水。这让他变得更加悲惨和辛苦。他嘲弄和咒骂着那些钱袋,诅咒着装满整整两马车的金银财宝,这么多的财宝却无法为可怜的士兵们带来一点点水。

"给马一鞭子！你们想让这些钱袋落在后面吗？你们是不是也想挨鞭子呢？"他大叫。

没有一个士兵响应他，因为他们已经认出他来了，他就是那个在胜利年代，喜欢在士兵们面前耀武扬威、虐待别人的人。但是他们并没有注意到这样一个细节，他低下头去，用别人听不见的声音喃喃自语：

"难道非要我贡献出我的一切吗？"他暗自想，"钱袋，哈哈！我倒是希望有一天能把钱袋扔在地上，再也不碰它一下！我的上帝啊！有一次在威波立克，我听到一个生命垂危的士兵班吉·季汀说，他最羡慕那些战亡的将士们死后能得到一件白衬衫。我的要求没有这么高，我只希望能够喝一点点……只有这样，我才不会落在别人后面的石楠丛中。如果还不行的话，就希望能够静静地躺在土地上，直到有一天，青草和鲜花覆盖我的身体，而我旁边的枪托上会刻着这样几个字：安德斯·哥诺堡，他的命运未知。"

傍晚时分，军队扎营了，埋葬那些白天死去的人。几个占波罗吉人拿着锄子在挖掘。在芦苇生长茂盛的地方长着一些草莓，军官和士兵们采了草莓，把它当作上帝赐予的圣品一样分给大家。安德斯·哥诺堡趁着没人注意，一个人躲在树后想偷偷地喝水。但此时号角响起，一直追逐他们的俄罗斯人又出现在了其视野里，出现在最远处烧焦的沙漠草浪的边缘。

安德斯·哥诺堡已经打开水壶的木塞，闻到了壶中水汽的味道，他的心跳得越来越厉害。在离他最近的马车上，躺着因受伤而垂危的银币管理员伯吉科夫。伯吉科夫撑起身体，两眼瞪着他。

安德斯·哥诺堡想要勇敢地面对他的眼光，可是做不到。但是，这一次，他到底把水倒了出来。

"为正义而忍受饥渴的人有福了。"他说。

他像是一个在做圣礼仪式的助手，把水壶拿在胸前，拿到士兵的唇边，把水倒出来，直至他喝完最后一滴水。

他本来是扶着马车的后辕的，但马车开动之后，他的手就无力地松开了，然后他踉跄地跪在了地上。

"马车上并没有我的位子。"他说，然后抓起一把锄头，"虽然我还不到三十岁，却已经像一个九十岁的老人那样忧虑犹豫。我要留在这里了，还好我有一把锄头，这样我就可以给自己挖一个最后的住所了。我一切的不安和忧虑都将进入美好的安睡中，直到耳边响起一句话：'看啊！我的孩子！'"

像风中颤栗的落叶一样，士兵又要启程流浪，号手也骑上了马。成群的白鹤飞过向晚的广阔的天空，在西伯利亚的大草原上，安德斯·哥诺堡跪在地上，手里仍握着锄头。

从那个时候起，就没有人知道他的下落。

第十四章　会议桌边

　　史基米德曼秘书站在会议厅的接待室里，手上拿着对各省主席的演讲稿。如果这篇演讲稿得到批准，那么贫穷的瑞典人民又要承担更多的税务。

　　权贵们开始集合，坐在角落里生病的发根堡突然清醒过来。他的眼皮沉重发红，几乎不能抬起来："我们必须把银行里全部的钱和授权书都交给国王。"

　　然后哈维德·赫恩就一下子冲动起来，身体前倾出去，导致他的椅子倒在了地上。他用手指着天花板，大声叫道："你可以继续沉醉在上天给你展现的美好幻影里，也可以继续在祷告的时候和伊娃·葛理特修女偷鸡摸狗，但是请你不要利用国王对你的信任，让我们变成国家的窃贼！"

　　"魔鬼啊！魔鬼！"发根堡顶撞说，用苍白的手指重重地敲着椅子的扶手，"瑞典人再也不会相互尊重了，每天都有人说脏话和恶意诋毁，而且还不能容忍别人对自己的一点点批评，是的！是的！赫恩你不用坐下去了。大家早就因你在玛拉河上的游艇而愤怒了。也许对你来说，你想获得游丽嘉·伊丽欧罗娜公主的芳心，就像克鲁斯当年赢得过世的海德薇格·索菲亚的称赞那样，这对你来说，比国王更重要。那么我们就没必要再谈国王这个人了，只需要读读他的信就可以了。是啊，看这封信，里面甚至没有一行是他这个不幸人民的领袖应该写的。"

"算了，不要说那封信了，"赫恩回答，然后抬起他的椅子坐了下来，"里面都是女人一样的各种借口和牢骚。我们也不要期望一个不善言谈的人，坐在那样的一个帐篷里面，还能够把他心里所想的明明白白地写在纸上。但我以为，这些信还是有一些价值的，就是在发生了这样的不幸之后，在未来，这些信件可以作为证据，对后人做出交代。"

"你在说未来——"发根堡用颤抖的手撑起自己，然后继续说道，"未来？我们应该更关心现实，瑞典人都已经变成谄媚者和伪善者了吗？埃里克松大帝①或埃里克十四世②都没有给我们带来这么大的灾难，他一定是从魔鬼那里来的。现在我们国家的年轻人战死沙场，只剩下灵魂孤苦的嫠妇，这就是所有的为我们瑞典繁衍后代的人了。"

有尊严的费必恩·魏德从人群中站了起来，声音缓和而低沉。

"会议马上就要开始了，"他指着打开的门说，"我不是一个阿

---
① 古斯塔夫·埃里克松（1523—1560年在位），即古斯塔夫一世，瑞典瓦萨王朝的创建者。
② 瓦萨王朝的第二位瑞典国王（1560—1568年在位），为了争夺波罗的海霸权而参加立窝尼亚战争和北方战争。

谀奉承的人，我从来没有恭维过我们的国王，说他已经成年了，而且也是一个不受国王宠信的人。我的家乡就是我的一切，父母、家庭和回忆。我知道我的家乡正在流血，面临死亡，也知道报应正在降临。但无论如何，现在也不应该浪费时间。如果上帝把荆棘冠加在了我们的头上，不是那些立刻把荆棘冠摘掉的，而是把它在自己头上压紧并说'主啊！请让我服侍您！'的人才是顶伟大的。至少，在过去的胜利的旗帜下，我们这个渺小的民族从来没有像现在这样伟大过。"

赫恩走进了会议厅，在中途他小声对发根堡说："我母亲除了我之外还拥有很多儿子，他们都已经接受了注定要接受的子弹，我难道会比他们差劲吗？而且，你说，如果一个国王能吸引那么多的人去为他卖命送死，难道他不比其他人都要伟大吗？"

魏德抓着发根堡的手臂，轻轻地，用一种耐人寻味的口气说："瑞典的人民已经承受了那么多的苦难，难道我们还要阻拦他们急于在自己的头上戴上最后的殉难者的冠冕吗？"

权贵们都走进了会议厅。发根堡拄着拐杖在房间里四处走动，最后坐在了会议桌的前面。此时，秘书已经在宣读冗长的演讲稿了，希望大家能够签名。

没有人打算站起来发表反对意见。发根堡缩在他的摇椅里，眼神黯淡，眼眶湿润。他已经忘记了先前的不愉快，而是双手在身上上下摩挲，低声问道："笔，笔呢？"

第十五章　教堂广场

住在摩拉的琼斯·史那尔是一个有着宽阔肩膀的吝啬鬼，这天他同两位农夫邻居一同喝粥，他们分别是摩斯和马萨斯。说到琼斯·史那尔的吝啬，他可以整个冬天都在壁炉边的躺椅上睡觉，因为那样可以节约灯油。他的脸扁平无须，阳光透过窗户照到他满是皱纹的脸上，使他显得比侏儒还难看。他的语调很低沉，用手敲打桌面。

"我想，也许我们吃树皮面包的苦日子要来临了，看来明天我要杀死我的最后一头牛了。每年都有新的税种和徭役，他们连教堂里的铜钟和餐具、粮食都想拿走呢。"

"确实像你说的那样？"摩斯说。

摩斯的面颊是灰色的，他捏了一撮盐放到粥里。这有些阔绰，因为今天是圣安息日。如果是平时的话，他此时多半还在邻居家的附近晃悠，盘算着应该在粥里面放几撮盐和在锅底下添几根柴。

马萨斯没有喝粥，而是趴在桌子上。他长着一脸的皱纹，眼光阴暗而尖刻,两排牙齿奇黑无比。他是这伙人中最吝啬的,也是整个教区最贪婪的人,以至于在圣礼仪式上的时候,他会要求牧师在安息日和别人一样穿上木头鞋。

"我的意见再简单不过了,就是上帝应该安排我们农民去掌管国库,这样的话,市长就不会从我这里得到一分钱。"他用沉闷而枯涩的声音说道。

琼斯·史那尔说:"但是你还是会去偷我的渔网!"

马萨斯冷笑着,用刀背砸开一块面包,说道:"我都快饿死了,还能干出什么事来呢?"

琼斯·史那尔站了起来,摇晃着枯草一般的金发,做了一个声音洪亮的演讲。

"哼,好吃懒做的家伙。如果你不能回家从墙上摘下你老爹的喇叭枪,瞄准市长和税吏的脑袋,把他们一个个干掉,然后把他们的尸体藏到干草堆里,我敢肯定你在临死之前一定会看到绞刑架。那么就跟我到斯德哥尔摩去,给那些大人老爷们教教我们农民的智慧。只有我们争取和平,和平才会到来。"

"这是个好主意,我和你一起去!"摩斯晃着膝盖站起身来,响应着。

马萨斯也握住了琼斯·史那尔的手表示赞同。

"我们应该先到教堂去,把我们的行动计划向乡亲们宣布一下。我们必须维护自己古老的权利和自由。"

"我去讲话,去痛痛快快地讲话!因为只有争取和平,和平才会到来!"琼斯·史那尔说。

于是他们离开小屋,向教堂进发。一路上,他们和碰上的夫人、女仆、老人和孩子说话,等他们走到教堂广场的时候,后面跟随着二三十人了。秋日冷清的阳光,照射在山脊的树木、湖泊和白色的长方形教堂房子上。教堂前的广场,乱糟糟的像是一个马厩,人们在形形色色的马车和手推车之间穿行着,交头接耳,就连唱诗班的小孩子也从祭坛旁跑到教堂的门槛上了。接着,从树林里走出一群穿着兽皮大衣的老人,他们看到琼斯·史那尔后,不禁发出一阵欢呼。这是因为他们认为他是这个教区最顽固、最坚定的教徒。至于那些五官开阔明亮,白衬衫在皮裤子和背心之间闪闪发亮的黛尔克林克人,也都向琼斯·史那尔走来,他们也非常重视他傲慢而固执的话语。

"你们这些上教堂的人!"他对他们叫,"现在你们应该学会新的忍耐了。"

大家都来不及回答,就向他如潮水般涌过来。

"国王被捉了!国王被捉了!国王被捉了!"

"国王被捉了?"琼斯·史那尔不禁握紧了拳头,用疑问的眼神瞪着身边的两个人。

"看来这是真的,他们都这样说。"摩斯说。

"安静下来,你们懂什么?"琼斯·史那尔大叫一声,用拳头推开眼前的人,以便腾出一些空间来。

他在一个凳子上坐下来。可是黛尔克林克人却不想离开,越来越多的人围上来,仔细倾听他要说什么。

"国王被捉啦?"他再次发问。

"人们都这样说。法兰的一个铁匠说的,国王被异教徒捉去了。"

马萨斯向他靠近了一点,弯着腰,伸出长指头。

"琼斯·史那尔,你认为这消息可靠吗?我只想问问。"

琼斯·史那尔把手放在膝盖上,低头看着地面。阳光照在他坚定、无表情的前额和坚毅的嘴上。

"你说我们应该怎么办?"他们又在交头接耳着,"在斯德哥尔摩,有一个议员把全部财产都捐给国王,另有一个捐献他的土地,第三个议员则建议说,有产者应该把一切都捐献出来,哪怕以后像穷人一样生活。唯独王后未亡人,她说她不会为此减少她一分钱的津贴的。真卑鄙!人们就上街,打碎了拍柏公爵家的玻璃。"

"那我们该怎么做呢?是的,是时候像琼斯·史那尔说的那样,要把喇叭枪从墙上摘下来了。"马萨斯说。

"你说得对。"摩斯表示同意。

琼斯·史那尔默不作声,于是周围的人们也渐渐安静下来。于这片静寂之中,大家可以听见教堂的钟声。过了很长时间,他才开口说话:"是的,"他的声音比以往任何时候更加低沉和辛酸,"是时候我们把喇叭枪从墙上摘下来,准备离开家乡了。上帝啊!你们这些穷乡僻壤中的好心人啊!如果国王是被抓了,我们只能做一件事,就是让他们带领我们去抗击敌人。我们要救回国王!"

马萨斯仍然沉浸在思考当中,等到他扬起眉毛,灰色的眼珠开始阴森森地闪烁。

他说:"看啊,这就是我们古老的权利和自由!"

"就是这样!"摩斯说。

"是的,是的!这就是我们古老的权利和自由,这就是古老的权利和自由对我们的天然要求。"戴尔克林克人低声议论着，坚定地举起黑压压的手臂。广场上瞬时人声鼎沸，掩盖住了轰鸣的教堂钟声。

第十六章 被掳

在遥远的萨马兰和芬尼夫荒原，天空出现不祥之兆。明天已经失去了意义，任何的工作也都是徒劳。人们只是一如既往地吃着一日三餐，然后就是陷入让人窒息的诅咒当中。每一个农庄里都有流泪的衰老母亲和年轻寡妇。她们白天聚在一起，讨论着被俘虏或者已经死去的丈夫，晚上则从同样的噩梦中醒来。即使在这时候，她们似乎还能听见轰隆作响的马车声音，看到穿着黑色斗篷的人正在收走瘟疫过后的死者。

莱达贺姆教堂里，静静躺着海德薇格·索菲亚公主的尸体。因为没有下葬的经费，尸体已经停放了七年。旁边又增加了一具新的棺木，这是王后未亡人海德薇格·克里欧罗娜——查理们的母亲的。几个睡眼蒙眬的侍女在棺木旁边守夜。罩着亚麻灯罩的灯发出微弱的光线，照射在尸体上。

侍女里最年轻的一个，边打哈欠边站起身来。她走到窗户旁边，拉开窗帘，观察天是否亮了。

一阵跛脚的脚步声从外面接待室传过来。之后，一个小个子的人神色虔敬地走向棺木,掀开帷幔。他看上去脾气暴躁,衣衫褴褛。因为唯恐木脚发出响声,因此他走路时小心翼翼的。他的头发都白了,梳得十分平顺,服服帖帖地躺在头上。因为向前探着脖子,他的头都要碰到衣领了。到了棺木旁边之后,他把壶中的防腐香料倒进插在尸体的上衣和贴身衣物之间的漏斗里。液体的香料,很难被吸收。他把香料壶放在地上,站着等了一会儿,然后向站在窗边的侍女走去。

"钟表刚刚敲过六点。外面的天气很糟糕,凭借着我的残疾脚,我知道暴风雪就要到来了。不过这对于现在的瑞典来说是个好消息。是的,这一次的葬礼我们肯定也没有足够的钱。其实,这不过是圣人艾克洛预言的开端罢了。城堡的那场大火我们还记忆犹新,但是新的大火已经在幽布色拉平原燃烧起来了。在维斯太拉斯、在林克平,火焰的灰烬被大风裹卷,飘散到全国各地,又在所有的广场上复燃,教堂一个接着一个地在焚烧中塌陷。请原谅我,女士,我说话太过于放肆和粗鲁。不过,说实话总比说谎安全,这就是曾经在但尔泊河救过我的性命的格言。"

"救过你的性命?你当时是军团的外科医生吧?那么,我恳请你坐到我的旁边,给我好好讲讲你的经历。你知道,时间总是太难打发啊!"

布隆堡说话的时候,很有一副宿命论的样子,偶尔举起小指和食指,其他指头保持不动,看上去就像一个神父。

在说话之前,两个人不约而同向尸体看了一眼。尸体躺在棺木里面,脸上带着一种被安排好的、高贵的表情,皱纹隙缝间都被小心地涂上蜡油和胭脂。两个人在帷幔外面的一张长凳上坐下来。布隆堡开始小声地讲起他的故事。

　　那时候，我拄着拐杖走了很远，但是后来因为被马踢了一脚，就昏倒在了波尔达维多荒原的树丛里。等我再次睁开眼睛的时候，已经是晚上了。天漆黑漆黑的，什么都看不见。我感觉到有一只手在我的大衣上摸摸索索，并且解开了我的扣子。这样的做法令我感到恶心至极。不过我还是想着，只有温和的言语才是纯洁的。于是我冷静地轻抓了盗尸者的脚踝。他被吓坏了，结结巴巴地说着话。从他的口音当中，我得知他是一个和瑞典结盟的占波罗吉人。我作为一个外科医生，跟很多人都打过交道，其中包括被俘的波兰人和莫斯科人，因此他们说的话我多多少少能听懂点。

　　我温和地说："人心中有很多念头，但只有蒙受神的肯定的，才会得到神的眷顾。正义总会战胜邪恶，违背了神的意愿则一定会受到惩罚。"

　　"虔诚的先生，请原谅我吧，"占波罗吉人说，"瑞典国王已经不关心我们可怜的占波罗吉人的死活，而莫斯科的沙皇，也就是那个失信背叛的沙皇，则准备屠杀我们。我想得到一件瑞典军人的大衣，就是为了寻找时机，能够冒充瑞典人逃走。请不要怪罪我，先生。"

　　我不知道他有没有带刀子，所以拿出了打火石，就在他说话的时候，点燃了脚边的干蓟草和枯树枝。这时，我看到了一个受到惊吓的老人。他手中一无所有，面露羞怯，像饥饿的动物找寻食物一样，正低着头在草丛中寻找什么。后来，他就找到了一个死掉的瑞典中尉。大概死人会乐意帮助一个无助的盟友的，我这样想着，就没有阻止占波罗吉人。就在他动手脱下尸体的大衣的时候，一封信从口袋里落下来。从信的地址上，我得知这个小伙子姓发根堡。他是因为流血过多而死的，就像睡在他老家旁边的草地上一样，美丽又安详地平躺着。信是他的姊姊寄来的。我快速地看了一眼，却只够看到一行字："说实话总比说谎安全。"——从此以后，这句话成为我以后最喜欢的格言。就在这时，占波罗吉人熄灭了火堆。

"请原谅，先生，我们不能把其他盗尸者引过来。"他小声提醒。

我并没有在乎他说的话，而是不断重复："说实话总归比说谎安全。说得真好啊，老伙计，在最后，你会发现，说实话的确比说谎安全得多。"

"我们可以的！不过，请你先答应我：如果我们当中有一个能够幸存，那么他必须为死去的那一个祷告。"占波罗吉人说道。

"我同意。"我说着，并向他伸出手。在患难中，我把这个毛发散乱的野蛮人当作我的兄弟。

他扶着我站起来。在天快亮了的时候，我们碰到一群相互搀扶着、步履蹒跚地去波尔达维市投降的瑞典伤兵。他们同意把占波罗吉人藏在我们中间。不过，还是有点滑稽，因为他的大马靴几乎套到了臀部，而宽松的大衣则垂到了马刺上。他有点紧张，只要发现有哥萨克人盯着他，就马上转过头来，破口大骂："他妈的，老子是瑞典佬！"这是他从瑞典军营里学会的一句话。

我和占波罗吉人，还有其他八个同伴被安置在一栋房子的二楼。因为我们两个是最早到达的，所以得以在靠窗的地方找到了一个"鸽子窝"，尽管那里能够铺床的也只有一些干草。我的大衣口袋里有一支锡笛子,那是我在史塔罗杜泊一个死去的卡尔梅克人士兵身上得到的。之后,我学会了吹几支美丽的诗歌曲子,借此来消磨时光。不久,我们注意到,在我吹笛的时候,一个年轻的女人常出现在巷子对面的楼房的窗前。也正是这个女人的原因,我才更加频繁地吹奏起来。不过我一点都不知道她的样子,到底是漂亮女人,还是再普通不过。我在男人们之间待得太久了,已经不习惯于正视女人,所以每当她正面瞧我们这边的窗户时,我就感到害羞,无所适从。但是我又不会像那些擅长追逐女人的男人求教,因为使徒保罗说:"每个人要保持身体的洁净,不要像不认识神的异教徒一样沉溺在肉欲之中。在这个问题上,我们不能羞辱神和违背我们的弟兄,因为神在这件事情上,是一位有极大权力的复仇者。"

　　以我以前受过的教育,无论何时何地,一个人都应当保持仪容整洁和礼数周到。我的大衣一只袖子已经破了,所以在吹奏的时候,我就转过身,把破掉的袖子藏在身体的这一边。

　　她时常把又圆又白的两手交叉起来,坐在窗台上,穿着上面缀有银色纽扣和链子的猩红色衬衣。她的窗户下住着一个纺纱兼卖涂果酱面包的老女巫。老女巫称呼她为费利欧德索瓦。

　　黄昏到了,她把灯点亮。我们没有装百叶窗,所以我们甚至能看得到她生火的时候吹炉火的样子。但是我觉得这么偷看有点儿不大好,于是我和占波罗吉人就回到屋子角落里坐下来。

　　我有一本祈祷书和一本已经翻烂了的穆勒讲道词,我读了许多章节给占波罗吉人听。但是我发现他的注意力根本不在这上面,于是我开始改变话题,讲一些比较世俗的事情,问他对隔街邻居的看法。他说她可能不是未婚了，因为乡下的未婚女仆们喜欢扎长辫子，系上红丝带。所以她更可能是个寡妇，因为她的发型就像正在服丧而没有时间打扮的女人。

当天色完全暗淡下来的时候，我们就这么躺在干草上。我想闻一点鼻烟，但是找不到鼻烟壶的银钥匙。不用说，肯定是占波罗吉人干的。我斥责了他，他把钥匙还给了我。我们依旧像朋友一样肩并肩地睡着了。

第二天一早，当我睁开眼睛的时候，我有点儿害羞，因为像现在这样拥有快乐的感觉还是我很久前的事情。在和占波罗吉人一起做完祈祷之后，我很快地盥洗完毕。我走到窗边，开始吹奏我最拿手的一支诗歌曲子。费利欧德索瓦已经坐在阳光下。为了向她表示我们瑞典士兵的与众不同，我指挥占波罗吉人把房间打扫干净。一两个小时之后，白净的墙壁就已经摆脱了蛛网的缠绕，放射着光辉。做这些事可以让我暂时忘却痛苦，但是一旦停下，痛苦的想法又浮现在我脑海中。我就在痛苦之中期盼着欢乐的萌芽。其他伙伴们坐在外面的大厅里，沉痛地唱着歌，谈论着远在家乡的爱人。根据规定，我们每天可以采用抽签的方式，让两个人出去放风。那天晚上，当睡在干草上的时候，我不禁惭愧地祈求上帝，希望第二天中签的人是我。我心里很明白，我之所以迫切需要这一个小时的自由，只不过是为了走到下面的街道上去。但是，即使我的祷告被上帝听到了，那只签真的落在我的头上，我也不敢爬到那个窗台上。

天亮了，我走到窗边。费利欧德索瓦还在睡觉，枕着一个枕头睡在草地上。天还很早，天气有些凉。我不想打扰她的美梦，所以没有吹笛子。但是她在睡梦中似乎也知道，我站在那里注视着她，因为她突然睁开眼睛，冲我笑了一下，并伸了一下腰。她这样做太突然了，以至于我没有能逃避开。我的前额开始发热，笛子都掉在了窗台上。接着，我就为自己的愚蠢表现开始生自己的气。我装作不在意的样子，整理了一下衣服，从窗台上捡起笛子，吹掉灰尘。就在这时，监管我们的俄罗斯少尉，通知占波罗吉人是被抽中的两个人之一。于是我把占波罗吉人拉到一边，一再地叮嘱他，如果可能的话，就采一些在烧焦的城堡边缘开放着的黄色太阳花回来。我会找到机会把花儿送给费利欧德索瓦。我说："她看上去是那么纯洁善良，我们这么做的话，没准她可以回送我们一些水果或者核桃什么的。沙皇给的那点儿可怜的面包，我们是根本不可能吃饱的。"我反反复复地说着。

他刚一出门，我就后悔了，因为寂寞很难忍受。我坐到了墙角的床上。在这里，她是看不见我的。我在那里坐了很久。

但是好像没过多少时间，因为我脑子中的思绪太烦乱了，我就听见占波罗吉人回来了。我来不及思考，立刻奔往窗边，看见他站在费利欧德索瓦的窗下，手上举着一大把太阳花。起先，她不想接受，因为这是异教徒送的，是不洁的。但是他很聪明，假装听不懂她的话，只懂几个字而已，用眼色、手势和点头，比比画画，终于让她了解花是我送的。于是，她接受了那束花。

我既害羞又欣喜，失去了理智。我赶紧回到角落。等占波罗吉人上来的时候，我就抓住他的后背拼命摇晃，一直把他摇晃到墙壁上。

我松开手之后，他立刻就跑到了窗前，毫无心机地、快乐地向外打着手势和抛着飞吻。我连忙跑过去，把他推到一边去。费利欧德索瓦正在一片一片地撕扯着花瓣，花瓣和叶子不断地落在地上。我鼓起勇气，不再考虑礼数：

"小姐，你不会怪罪我的伙伴的恶作剧和不得体的手势吧？"我结结巴巴地说。

她更加迅速地撕扯花瓣，过好一段时间后才回答："我丈夫生前说过，再也没有比瑞典士兵更标致的男子了。他曾经见过一群瑞典俘虏被脱光衣服，由女人鞭打。但是最后，她们都被瑞典士兵笔挺的身材感动了，于是停下挥动的鞭子，她们这些拿着鞭子的人，而不是被鞭打的人，开始放声痛哭。因此，我对瑞典士兵也非常好奇……而且你吹奏的情歌非常动听。"

我并没因为她的夸奖就高兴得忘乎所以，我又不擅长赞美她美丽的身材和洁白的手臂，所以只好又拿出笛子，吹奏起我最喜爱的歌曲——"在苦难之中，我呼唤着你"。

在这之后，我们的谈话多了起来。虽然我掌握的俄文词汇不多，但这一点也不妨碍我们交谈的愉悦性。时间对我来说，似乎第一次这么短暂。

到了中午的时候，她开始摆弄碗碟，发出很大的声响，又用棕榈叶闪动着壁炉里的火焰。然后，她从天花板上取下一柄手网，这是她前夫用来从河里捕小鱼的。她把一碟白菜和一壶裸麦酒放在网里，伸出长长的手柄，隔着街道送了过来。当我向她敬酒的时候，她就微笑着回应。看起来，她并不觉得同情一个异教徒是什么不对的事。下午，她把纺织机挪到靠窗的位置，一边纺织一边和我们聊天，一直聊到夕阳西下。她让我相信了一点：在苦难中享受幸福并不是一件罪恶，因为我对她的感情是纯真无邪的。我又看到了在被烧毁的城堡的焦土上盛开的太阳花，它们也是在苦难中从不停止对上帝的赞颂。和它们一样，我的心中也盛开着欢乐。

夜里，我和占波罗吉人一起祷告，又一次斥责他偷了我的银钥匙。而他却多嘴多舌地用低沉的声音说："少爷，我看得很清楚，你已爱上了费利欧德索瓦。她可是一位又好又纯洁的女人，你完全可以娶她作为妻子。我一开始就知道你要陷入这样一种爱情里呢！"

"无聊！"我回答，"太无聊了！"

"说实话总比说谎安全。这是你经常和我说的。"

他用我自己的格言反击我时，我未免有些难堪，然后他继续说：

"沙皇已经下旨，只要你们这些瑞典人皈依东正教，他将会重用你们。"

"你疯了！如果可能的话，我会逃走，用马车拉她回家。"

第二天，吹奏完笛子之后，我得知今天我可以去放风了。

我的心中温暖而不安。我比平常更仔细地梳妆打扮了一番，穿上占波罗吉人的少尉大衣，因为我的大衣已经残破不堪。在做这些事的时候，我不断地想着，我应该到楼上去看她吗？如果上去了，我应该说些什么？这可是我一生中唯一和她面对面说话的机会，如果我错过了，那么在老年的时候等待我的只有无尽的后悔。我的心跳加速，哪怕我在缠着绷带面对着敌人的子弹，趟过尸体的海洋，那时候也没有这样忐忑不安。最后，我把笛子装进大衣口袋里，走了出去。

到街上了。她依旧像往常一样坐在窗边，并没有看到我。我不敢贸然走上前去，也不知道怎么做才能举止得体。在犹疑中，我前进了几步。

她听到我走路的声音了，看出窗外。

我把手举到帽子旁边，但是，我听到了她的笑声，像颤抖一样；她跳了起来："哈哈，看啊，看啊！他装着一条木腿！"

我的手还举在空中，头脑里一片空白。我的心要从胸腔中爆裂出来。我相信当时我一定还是支支吾吾地说了一些话。但是我能记起来的是，我不知道我是应该继续走下去还是马上返身回楼。整个世界都离我远去，回荡着的只有她的笑声。我短暂的自由，比我在囚室里以及我不幸的命运更让我害怕。我崩溃了。

在恍惚当中，我走进了一条长长的、陡峭的、没有石子铺路的小巷子。在那里，我被其他瑞典囚犯们诱奸了。

可是，即使在那时，我依旧回答了他们的问话，祝他们健康，并且从他们的烟斗里吸了几口烟。

我很烦恼。但是天色还早，因此我还要在白昼里，走同样的一条路，从她的窗户下面经过。我想尽一切办法拖延时间，和不同的人一个劲地没话找话。但是不久之后，俄罗斯骑兵就来了，通知我回到囚室去。

当走进那条街道的时候，我提醒我自己，我不能背叛自己，仍然要彬彬有礼地向那个女人致敬。因为，毕竟这不是她的过错啊。在所有的瑞典士兵当中，谁叫她单单喜欢上一个装了一条木腿的瘸子呢？

"快点！"骑兵大声催促着。我只好匆忙向前赶。木腿重重砸在地上，发出沉重的声响。

"我的在天之父啊，"我自言自语着，"我已经完全遵照您的旨意，效忠于我地上的国王。难道您就是这么奖赏一个虔诚的仆人吗？让他年纪轻轻就成为一个俘虏，让他在心怀爱情的时候受到女人的耻笑。是啊，是啊，这是您对我的考验。通过它，我必定能够戴上您给予的荣誉的冠冕。"

走到她的窗户下面，我又抬起手来摘帽子，不过发现她不在。但是这种情形，也不能让我得到解脱。我拖着木腿走进楼房，当当声响彻整个房间。

"我和费利欧德索瓦谈过了。"占波罗吉人小声说。

我沉默着。我的幸福，我的花朵，那生长和开放在焦土和灰烬上的幸福和花朵，已经凋零了，荡然无存。如果这时候那可怕的幸福再向我招手的话，我会用我的木腿毫不留情地将它踩死。所以，占波罗吉人的话对我来说已经毫无用处。

"你离开以后，我狠狠地骂了费利欧德索瓦。我告诉她，你比她想象中的还要爱她，你要娶她为妻。"

我沉默着，咬紧嘴唇，攥紧拳头，努力地将痛苦压抑下去。每一分钟，我都感觉到自己在被贬低，耻辱和可笑愈发强烈。

我打开了通往大厅的门，对其他囚徒说：

"我们犹如干渴的野驴，在沙漠里终日行走，苦苦搜寻那一点点可怜的水和食物。我们在不属于自己的土地上辛勤耕作，在不信神的人的葡萄园里收获果实。我们衣不蔽体，无法御寒。我们被洪水席卷，无处逃避，只能抓住悬崖，——尽管如此，我并不祈求您减轻对我的惩罚，全能的上帝！我只祈求您引领我，与我同在。您让我们成为您的仆人和孩子,请不要摒弃我们。看啊,那些睡在泥土里的兄弟,正在歌颂着您更大的胜利。"

"是呀,上帝,请引领我们,与我们同在!"大厅里的战俘们同声祷告。

在黑暗中,一个孤独的、颤抖的声音响起:"上帝啊,在几个月以前,您的光芒引领着我进入黑暗,但现在我已然风烛残年。在几个月之前,我还在屋顶之下,四周环绕着我的孩子,我们一起赞颂,但现在我听不见他们的声音。啊,上帝,我向您祷告:'请去除对我的考验吧,我将终生聆听您的教诲!'啊,上帝,请垂怜我仰望您的眼!'"

"安静!安静!"占波罗吉人抓着我的手,小声说。他的手又冷又颤。"除了沙皇,那不可能是别人,站在街道上呢!"

街道上站满了各式各样的人:孩子、士兵、老人、乞丐。站在中间的,又高又瘦的,就是沙皇。他步伐稳健,没有带护卫,身边只随侍着一群矮小的笑闹着的侏儒。间或,他会转过身去,亲吻最矮的侏儒的额头,就像一个慈父一样。每隔几户人家,他就停下来,站在房门口,把人们奉献上的白兰地一口喝干。这样的举止,也只有沙皇做出来才显得合宜。他的每一举手投足,都在显示着他才是真正的土地和子民的统治者。他离我的窗口很近,我几乎能够碰得到沙皇的绿色帽子和大衣上部磨损的扣子。他穿着厚呢袜子,裙子上的银扣子上镶嵌着宝石。灰褐色的眼睛闪闪发光,小黑胡子在嘴角翘着,也在发光。

沙皇看到费利欧德索瓦,着了迷。就在她走下楼梯,跪在沙皇面前献上一杯白兰地的时候,沙皇捏住她的下巴,抬起她的头来,为的就是好好看看她。

"孩子，告诉我，"他说，"你有没有一个舒适的房间，供我们俩一起用餐？"

巡视的时候，沙皇一般不带侍卫和典礼官，不携带床、炊具和餐具，这一切都由他所到的地方提供。于是一大群人忙活起来：一个人拿着一口锅，另外一个人拿来了陶碗，第三个人拿来了勺子和杯子……费利欧德索瓦的房间地板上，已经铺上了干草。沙皇偶尔也会像一个普通的仆役一样，帮一下忙。指挥工作是由一个叫作佩脱拉克的驼背侏儒完成的。这个侏儒一边忙活一边还要和沙皇逗趣儿：对着沙皇吹气，或者做一些鬼脸，或发明一些恶劣的恶作剧，这些都是我在高贵的女人面前从没做过也不敢做的。

有那么一会儿，沙皇抱着手臂站在窗前，注意到了我和占波罗吉人。占波罗吉人吓得直接倒在地上，一边嚷着："他妈的，我是瑞典佬！"我用脚踢他，让他站起来，以暗示他，最好一句话都不要说，因为我们真正的瑞典人不会叫嚷。后来我干脆走到前面，把他挡在身后。

"你是从哪里来的？"沙皇说了一句瑞典语，之后就是俄语了。

"布拉斯塔，外科医生，隶属奥波拉军团。"我回答说。

沙皇盯着我看，眯起了眼睛，他的目光深邃悠远，穿透力很强。这样的目光我第一次遇到。

"你隶属的军团已经全军覆没了。"沙皇说，"这是雷恩斯克雷德的剑。"他从腰带上连鞘带剑解下来，举起，又扔在桌子上。桌子上杯盘乱颤。"不过，你是个骗子，因为你穿着少尉或者上尉的大衣。"

"就像传道者约翰说的那样——'一言难尽'。我自己原先的衣服已经破烂不堪,所以只好借这件大衣穿在身上。这样做也许不妥当,但是我还是希望得到您的宽恕。因为我的人生格言就是'说实话总比说谎安全'。"

"很好!如果这是你的人生格言,那么你可以带着你的仆人过来了,我要见证一下。"

占波罗吉人还在恐惧之中,打着哆嗦跟在我后面。我一进房间,沙皇就指着一张椅子对我说:"坐呀,木腿!"那语气就像是我们的同伴一样。

沙皇肆无忌惮,让费利欧德索瓦坐在他的大腿上。侏儒们在他俩的周围,一边插科打诨一边收拾杯盘。有一个侏儒被称作"犹大",因为他的项圈上刻着这个最大的罪人的名字。他从最近的盘子里抓了一把虾子,丢得到处都是,落到大家身上。他这个做法,让所有的眼睛都看了过去。他扮了几个鬼脸,叫着沙皇的名字,冷静地说:"您,彼得·阿列克谢耶维奇,尽情享乐吧。我们还没有进入波达维亚市的时候,就听说过费利欧德索瓦了——我确实听说过。这些最美好的事物,只能由您来享用。"

"确实如此!"其他的侏儒应和着,"世界之王,彼得·阿列克谢耶维奇!"

有时候,沙皇会笑一下,但是更多的时候他根本就听若不闻,正襟危坐,沉入到思考当中。在这时候,他的眼睛就像阳光下的甲虫一样闪烁着。

我突然想起一件事,就是已经去世的查理十一世和路德勃克之间的一次会见。在那次会见上，尽管路德勃克不停地向查理十一世鞠躬，但是我能意识到，他比查理十一世还要高贵。现在我眼前的这一切却正好相反，沙皇像一个小丑一样被人随意戏弄着，但是他却高不可及。我的眼睛中只有他和费利欧德索瓦。我仔细地观察着他的一举一动，想弄清楚他的想法。但是这是徒劳的，我看到的还是他从城门当中走过来时，就非常醒目的笔挺的衬衫和刮得干干净净的下巴。

我的脑袋中突然发出轰响。我跪倒在干草上，结结巴巴地说："皇帝陛下，说实话总比说谎安全。而且上帝也曾经对摩西说过：'不要向邪恶的伟人学习他们的言行。'我的人生就要落幕了，因此我恳求您，让我痛痛快快地喝一顿，因为我的那位——和您相似又不尽相似的——高贵的主人，在过去的一年里面，只让我喝从沼泽当中过滤出来的苦水。"

沙皇陛下的右侧脸颊，靠近眼睛的地方开始痉挛。

"我以圣安德鲁之名发誓，你可以这样做！"他说道，"不过，我和我的兄弟查理一点都不像，因为他痛恨女人，像痛恨女人一样痛恨酒，但是他自己则像一个女人花光了丈夫的钱一样，花光了他的人民的金币。他甚至以凌辱女人一样的方式对我，但是我却像尊敬一个男人一样尊敬他。祝他健康！喝吧，木腿，你可以尽情地喝！"

沙皇猛地跳到我面前，一把揪住我的头发，往我的嘴里面灌酒，奥斯塔肯麦酒淌在我的领子和下巴上。就在我们举杯为查理国王的健康祝贺的时候，两个穿褐黄色、蓝衣领制服的士兵开了枪。原本就炎热难熬的房间里，除去了烟雾和洋葱味儿之外，火药的气息也开始弥漫。

沙皇又回到了桌旁坐下了。环境虽然嘈杂，但他仍然能够沉思，不过却不允许别人停止喝酒，也不允许其他人像他一样冷静。他把费利欧德索瓦抱在膝盖上。可怜的费利欧德索瓦，她被挤压成一团，手臂就那样悬挂着，嘴巴半开半合，好像除了被爱抚之外，接下来就只有吃耳光和挨拳头了。为什么她就没有勇气呢，把桌子上的剑拔出来，在还没有受到侮辱之前，将剑插入到自己的腹中，以保全清白？尽管她曾经嘲笑过我的木腿，但是我还是决定要用我的生命维护她的名誉。我从来没有觉得过，现在我是离她那么近，看得那么清楚，在上帝的判决到来之前，我将完成这个伟大的作品。可怜的费利欧德索瓦啊，当您身陷羞辱之中，有一位朋友是怎样为你的清白着想，又是怎样热切地为你祈祷着啊！

时间不断地流逝，宴会没有结束。那些胡闹的侏儒们都已经烂醉如泥，有的趴在干草上呕吐，有的随意便溺。只有沙皇不时会站起身来，往窗外看一下。"喝！木腿！尽管喝！"他下达命令，就有人扶起我来，拿着酒杯往我的嘴里灌，直到滴酒不剩。他眼角的痉挛越来越厉害，让人不可捉摸。等我们坐回到桌边的时候，他在三个大陶碗里面倒满酒，推到我面前，说："木腿，现在在你要祝大家身体健康，一醉方休，并且还要向我们介绍一下你的健康格言。"

我好不容易才支撑着自己站起来："祝您健康，至高无上的沙皇！"我声嘶力竭地喊道，"统治我们是您与生俱来的使命和责任！"

"是这样吗？"沙皇问道，"如果有人比我更加富有、尊贵，那么士兵们就不必向我举手致敬。没有比一个软弱无能的领袖更羞耻的事了。如果有一天我发现我的儿子,他不值得继承我的伟大广袤、我所深爱的国土的时候,那就是他的死期。这第一件事,你没有撒谎。木腿,你不用喝酒。"

火枪乱鸣!除了沙皇之外,其他人都一饮而尽。

就像一个吝啬鬼在算计他的可怜的财产一样,我也在绞尽脑汁回想着我对沙皇的点滴了解,因为我相信我这样做,能够不激怒沙皇,而且说不定能解救费利欧德索瓦。

"好的,陛下,那么,"我把一支陶碗举到空中,"这是奥斯塔肯麦酒,是由蜜酒、胡椒、烟草、白兰地调制而成。它能掀起人们的欢乐,让欢乐越烧越烈。到了最旺盛的时候,也就是睡梦降临的时候。"

说完,我把这只陶碗摔碎在地上,又举起第二只陶碗。

"这是匈牙利酒。'只能喝水,不能喝酒。'圣保罗对提摩太是这样说的,'但是因为生病的缘故,你可以喝一点点酒,以让你的胃部能够暖和。'圣人就是这样教谕家中的弱者。你可以试想一下,在冰雪覆盖、哀号响彻的战场上,有多少悲伤绝望的人,在喝下这一碗瑞典酒[①]之后,减轻了痛苦、得到了解脱?"

说完,我又把陶碗摔碎在地上。

"这是白兰地酒,性烈如火。富家翁和幸运儿们瞧不起白兰地,是因为他们喝酒是为了解除口渴,他们品尝酒只是为了品尝欢乐。但是流淌进在战壕当中受伤流血、濒临死亡的士兵喉咙当中的几滴白兰地酒,却能够让他们觉得是怎样的舒适和满足。因此,白兰地是最好的酒,我可以代表士兵们这样说,而且说实话总比说

[①] 匈牙利在当时属于瑞典,所以匈牙利酒也可以称为"瑞典酒"。

谎安全！"

"对！对！"沙皇大声说，举起碗来一饮而尽，又赏给我两块金子。一时间，枪声大作。"我给你一张通行证和一匹马，你就此开始你的旅程吧！这样，无论走到哪里，你都可以跟人们讲今天发生在波尔达维市里的故事了。"

之后，我又一次跪在干草上。我想了很久，才支支吾吾地说："陛下——我这样穷困渺小——但是坐在您身边的女人，却是个又好又纯洁的女人。"

"哈嗬！哈嗬！"侏儒们大喊大叫起来，挣扎着想爬起来，结果更加东倒西歪了。"哈嗬！哈嗬！"

沙皇站起身来，让费利欧德索瓦走向我。

"我知道的，木腿人也会恋爱。我知道的。好吧，现在我将她毫发无伤地还给你。我还会给你一个好的职位。我承诺过的，只要任何瑞典人愿意为我服务，只要接受我们信仰的洗礼，我就愿意把他当成我的子民。"

费利欧德索瓦像梦游一样，站在那里，对我伸出手来。尽管她曾经嘲笑过我，但是这又能怎么样呢？我很快就会忘记的。而她呢？不久之后也会忘掉我的木腿，因为我会关心她，为她工作、劳动，和她一起向同一个上帝祷告，为她创造一个干净、宁静的家。我像抱一个小孩子一样把她抱在我的胸前，问她：那一颗纯洁、忠实的心，是否会为这一颗心而跳动？她虽然没有回答，但是可能她的心中早已经有一个答案了。因为我看见她的脸渐渐放射出光华，变得通红。她几乎完全变了一副模样。就在这个时候，在遥远的斯德哥尔摩的布拉斯塔区的一栋房子里面，坐着一位孤单的老女人。她的手中捧着一本宣道书，但是耳朵却在倾听，是否有人会从她的门缝当中塞进来一封信，是否有一个残疾人正在从远方的荒原之中踽踽走来，并且向她问候致意。她就是这样等待着，不管我是死了还是已经被埋葬。而我也会每夜为她祷告。无论是在绝望的求援之中，还是在受伤的哀号之间，时刻不能忘记。但是我承认，现在我已经完全想不到她，我的眼中只看见费利欧德索瓦。但是，我是愤怒的，心中的沉重无法排解。起初的时候，我不明白这是为什么。但是慢慢我懂了。

我弯下腰，吻了吻费利欧德索瓦。她向我耳语："沙皇的手！沙皇的手！"

于是我走上前去，亲吻沙皇的手。

"我的信仰，"我小声却坚定地说，"和我的主人，我是永不会背弃的！"

沙皇的脸又开始痉挛了。侏儒们惊慌了，连忙抓住占波罗吉人的头梏，拖拉着他，想让沙皇发笑。但是沙皇的脸色灰暗，手也开始痉挛，终于暴怒起来。他奔向占波罗吉人，重重地拳打着，直到血从占波罗吉人的嘴和鼻子当中喷涌出来。他用一种可怕的几乎辨认不住来的声音怒吼着："我早就看透了，你是个骗子！从你一走进这间屋子我就知道了！你是个占波罗吉人，竟敢把自己藏在瑞典军服里面！把他绑起来，绑到车轮上！"

所有的人，哪怕已经酩酊大醉的人，都吓得浑身发抖，想从门中溜出去。一个惊慌失措的波亚人小声叫着："把那个女人拖过去！把她拖过去！只要让他看到美女的脸庞和娇躯，就能平静下来了。"

他们抓向她,把她的紧身衣撕扯到胸膛。她在哀求着。他们把她向沙皇推过去。

四周一片漆黑,我在黑暗中跌跌撞撞地退出房间。当我站在星空下面的时候,喧嚣声已经小了下去,我又听到了侏儒们在唱歌。

我捏紧拳头,想起了在战场上我对那个可怜的罪人的宣誓。我越来越狂热地开始向上帝祷告。祷告越来越宏大、遥远、辽阔,渐渐变成了那个更大的罪人的祷告。此时,他正带领着他最后一批忠实的追随者,在广袤无边、孤独寂寞的西伯利亚大草原上流浪、跋涉。

这时候,外科医生急匆匆地往棺木上看了一下,女仆就跟着他走了过去。

"阿门!"她说。两个人一用力,就把白布罩子照在了蜡白的王后未亡人的尸体上——查理们的母亲。

附录一　海顿斯坦姆年表

1859年　7月6日，生于瑞典维特恩湖北边奥斯哈马尔。父亲是陆军工程军官，擅长建造灯塔，地方颇负盛名。

$\dfrac{1876}{1878}$ 年　在意大利、希腊及东方游历，增长了见闻。

1880年　与艾米莉·尤格拉成婚。

1881年　携新婚妻子艾米莉·尤格拉离开瑞典，在罗马、巴黎、蔚蓝海岸、瑞士等地方居住。

1886年　与瑞典著名剧作家斯特林堡成为挚友，通过和斯特林堡的交往，增强了他从事文学创作的信心。

1887年　返回瑞典，潜心钻研文学。

1888年　出版诗集《朝圣与漫游的年代》，其华美的风格和独特的情调开创了瑞典的一代诗风，引起文坛的极大反响。

1889年　出版根据希腊神话创作的长篇小说《恩底弥翁》，发表阐述自己艺术观点的文学主张《文艺复兴》一文。

1892 年　出版长篇小说《汉斯·亚尔恩纳斯》，风格华美，具有神秘玄想的成分。

1895 年　出版《诗集》，歌颂祖国的同时又带有异国情调，创作冲破了旧艺术界线，创作逐渐走向成熟，风格具有宁静内省的气质，堪称其抒情诗之巅峰之作。

$\frac{1897}{1898}$ 年　发表评论《瑞典人的气质》；完成其代表作《查理国王的人马》。

1901 年　完成描写中世纪宗教活动家圣比尔吉塔献身宗教事业的历史小说《圣比尔吉特的朝拜之旅》。

1902 年　出版诗集《人民集》，表达其对祖国的热爱和对家乡的思念之情。

1904 年　完成小说《贺尔堪的树》。

$\frac{1905}{1907}$ 年　完成历史小说《贝尔波的遗产》第一部、第二部。创作《福尔孔世家》。

1910 年　与斯特林堡展开了激烈的笔战。

1912 年　出版与斯特林堡论战的文集——《论战集》，并当选为瑞典学院院士。

1914 年　由于与斯特林堡论战，被迫加入保守党军方的宣传工作。

1915 年　出版《新诗集》。

1916 年　获得诺贝尔文学奖。

1920 年　搬到可以俯望维特恩湖区的小山上，并设计和建造了一幢融古瑞典和意大利风格于一体的住宅。

1940年　5月20日，于维特恩湖区小山上的住宅中逝世。
1941年　回忆录《栗树开花时》得以整理出版。

附录二　诺贝尔文学奖大系书目

1901年　　苏利·普吕多姆（法国）　　《孤独与沉思》
1902年　　特奥多尔·蒙森（德国）　　《罗马史》
1903年　　比昂斯滕·比昂松（挪威）　　《挑战的手套》
1904年　　何塞·埃切加赖（西班牙）　　《伟大的牵线人》
1904年　　弗雷德里克·米斯特拉尔（法国）　　《米赫尔》
1905年　　亨利克·显克微支（波兰）　　《你往何处去》
1906年　　乔苏埃·卡尔杜齐（意大利）　　《青春的诗》
1907年　　拉迪亚德·吉卜林（英国）　　《丛林故事》
1908年　　鲁道夫·奥伊肯（德国）　　《人生的意义与价值》
1909年　　拉格洛夫（瑞典）　　《尼尔斯骑鹅旅行记》
1910年　　保尔·海泽（德国）　　《骄傲的姑娘》
1911年　　梅特林克（比利时）　　《青鸟》
1912年　　霍普特曼（德国）　　《织工》
1913年　　泰戈尔（印度）　　《新月集·飞鸟集》
1915年　　罗曼·罗兰（法国）　　《约翰·克利斯朵夫》
1916年　　海顿斯坦姆（瑞典）　　《查理国王的人马》
1917年　　彭托皮丹（丹麦）　　《天国》
1917年　　耶勒鲁普（丹麦）　　《明娜》
1919年　　卡尔·施皮特勒（瑞士）　　《伊玛果》
1920年　　汉姆生（挪威）　　《大地的成长》
1921年　　法朗士（法国）　　《泰绮思》
1922年　　贝纳文特（西班牙）　　《不该爱的女人》

年份	作者	作品
1923 年	叶芝（爱尔兰）	《当你老了》
1924 年	莱蒙特（波兰）	《农夫》
1925 年	萧伯纳（爱尔兰）	《圣女贞德》
1926 年	黛莱达（意大利）	《邪恶之路》
1927 年	亨利·柏格森（法国）	《创造进化论》
1928 年	温塞特（挪威）	《新娘·女主人·十字架》
1929 年	托马斯·曼（德国）	《布登勃洛克一家》
1930 年	辛克莱·刘易斯（美国）	《巴比特》
1931 年	埃里克·卡尔费尔德（瑞典）	《荒原与爱情》
1932 年	约翰·高尔斯华绥（英国）	《福尔赛世家》
1933 年	伊凡·亚历克塞维奇·蒲宁（俄罗斯）	《阿尔谢尼耶夫的一生》
1934 年	路易吉·皮兰德娄（意大利）	《六个寻找剧作家的角色》
1936 年	尤金·奥尼尔（美国）	《进入黑夜的漫长旅程》
1937 年	马丁·杜·加尔（法国）	《蒂博一家》
1944 年	约翰内斯·延森（丹麦）	《希默兰的故事》
1945 年	加夫列拉·米斯特拉尔（智利）	《葡萄压榨机》
1946 年	赫尔曼·黑塞（瑞士）	《荒原狼》
1947 年	安德烈·纪德（法国）	《窄门》
1949 年	威廉·福克纳（美国）	《喧哗与骚动》
1954 年	海明威（美国）	《永别了，武器》
1956 年	希梅内斯（西班牙）	《小毛驴与我》
1957 年	加缪（法国）	《局外人》
1958 年	帕斯捷尔纳克（苏联）	《日瓦戈医生》